裸のcommonを横切って

エマソンへの日米の詩人の応答

吉増剛造
フォレスト・ガンダー
堀内正規

小鳥遊書房

「日記（エマソン）」を読む

吉増　剛造

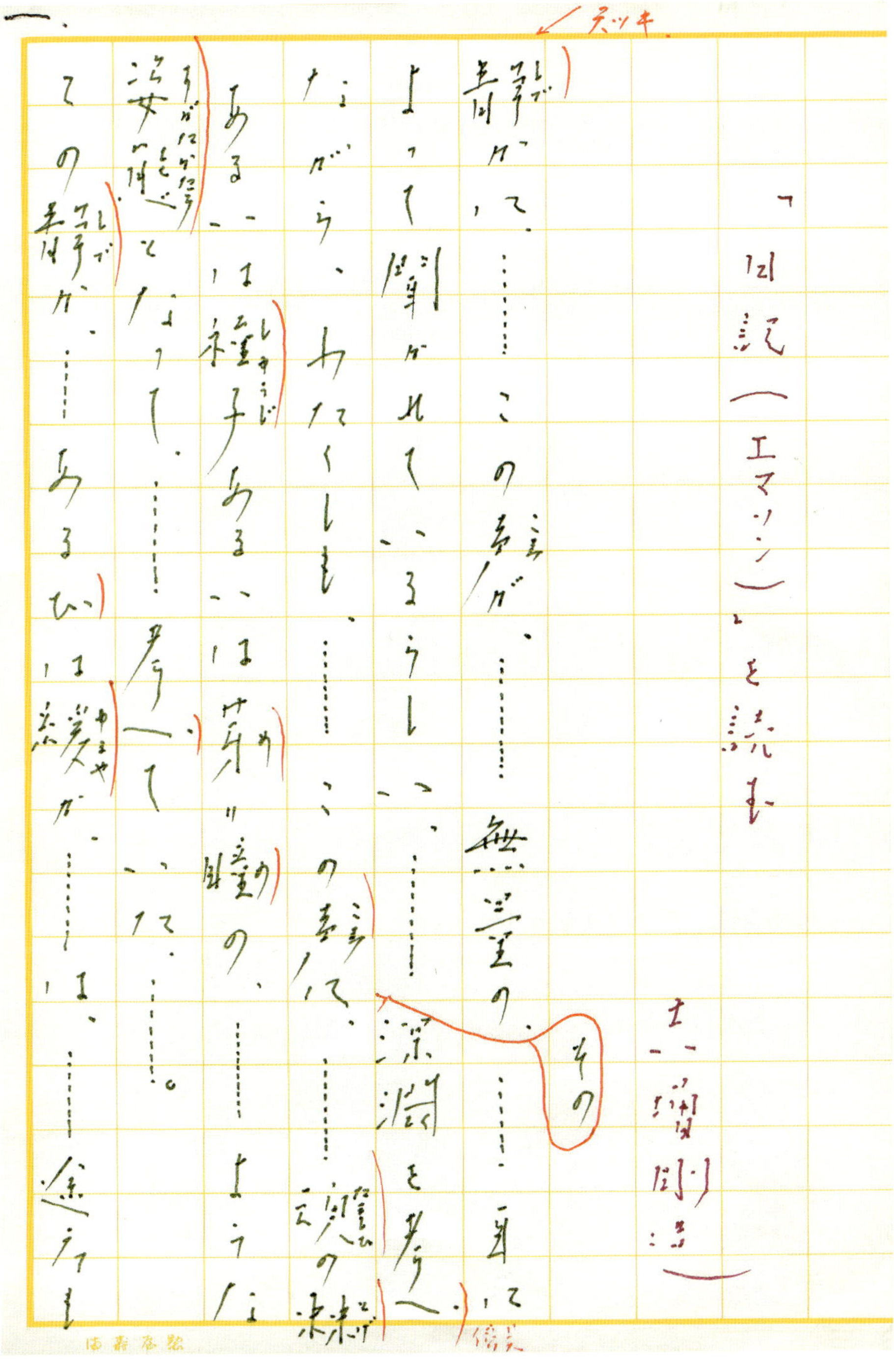
「日記（エマソン）」を読む
吉増剛造
静《しず》かで……この声《こえ》が……無量の……耳に
よって聞かれている、こうした……深淵を歩く、
ながら、わたくしも、……この声《こえ》に、……魂《たましひ》の木
あるいは種子《しゅうじ》あるいは芽《め》″瞳《め》の、……ような
姿態《すがたかたち》となって、……歩いていて。……。
この静《しず》か……あるひは[illegible]が……は、……途方も

iii「日記（エマソン）」を読む（吉増剛造）

二.

た、一閃《きらめ》き……怖るべき疾《はや》さ。……でも、あるのだあって。……その孟婆《もうば》の、……いや、無量の琰のひかりで。……と考へているとき。……あの「栗《リ》鼠《ス》」が、掌《たなごころ》に、……大事に包《つつ》んでいる。……宇宙の。……緩《ゆる》く。……煖《あたた》か、……く。……し。……届いているとともに。……あの「蛙《かえる》」どもが（一八三七年八月四日）岸からあがきばかり泳ぐと。……くるりとこちらを向き。水かき達をひろげたまま水面にじっとしていて。……（これが、ある霊感の源のもいえる刹那の光景《こうけい》であった。……）人間の

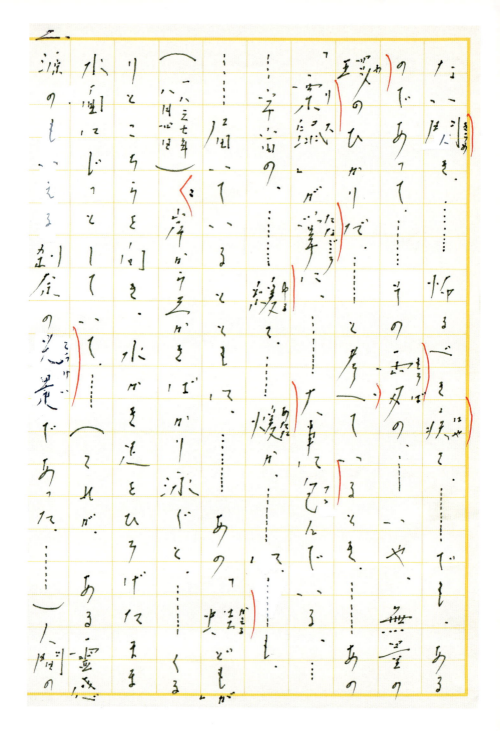

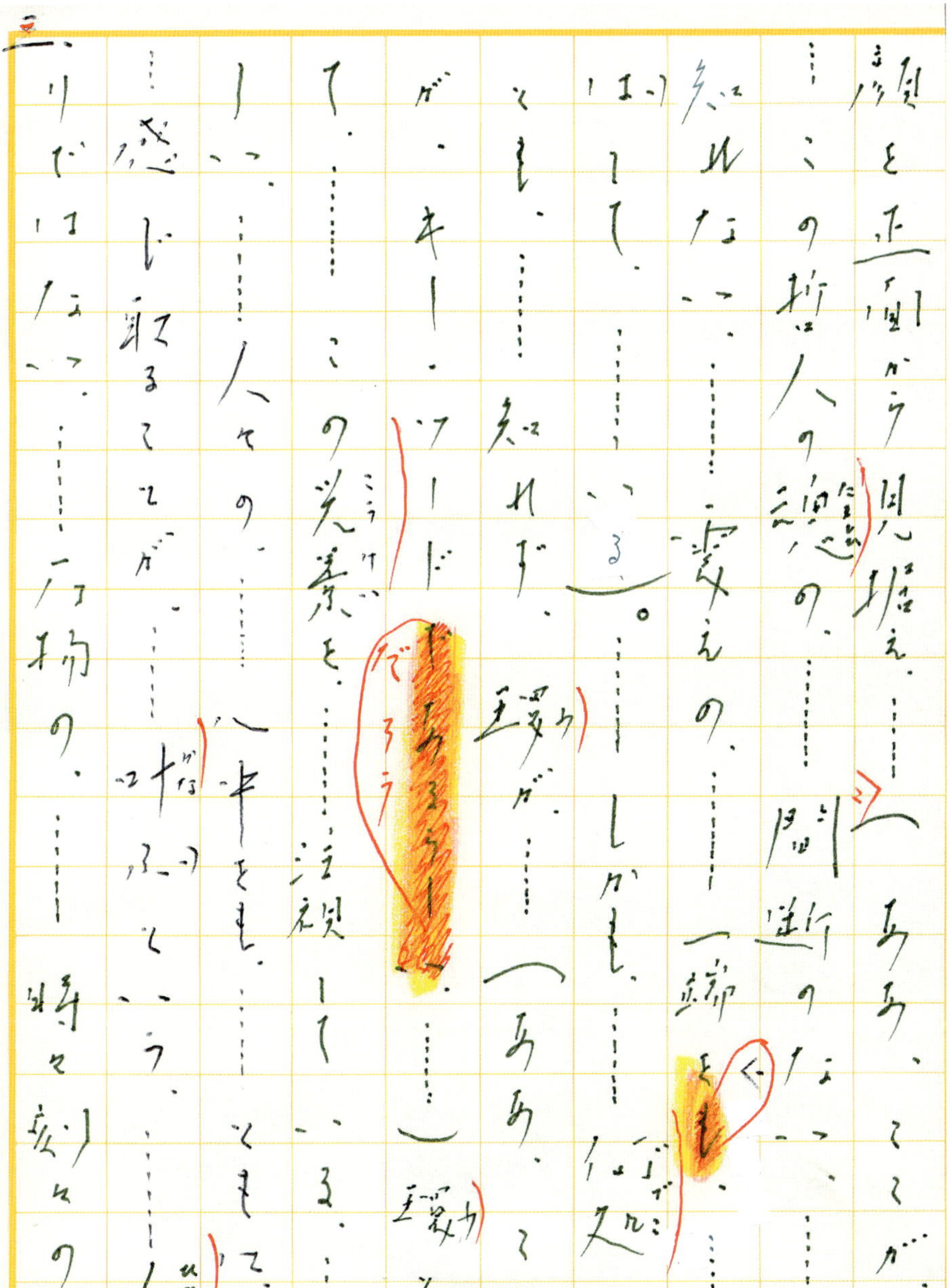

v「日記（エマソン）」を読む（吉増剛造）

……空の、……桜……、……芽、……鯨、……裂け目……
……空隙を、それを、ともて、……生きること
が、……だ、ということ、ということ……
伝って、……わたしたちの、……心の淀みに
……ガイドブック……その魂の名は、……届い
ている……。たとえば、

……曇り空の下、夕暮れどき、あちこちに
雪の溶け残った水溜りのあるガランとした
共同地を横切っていると、特別に幸運なこ

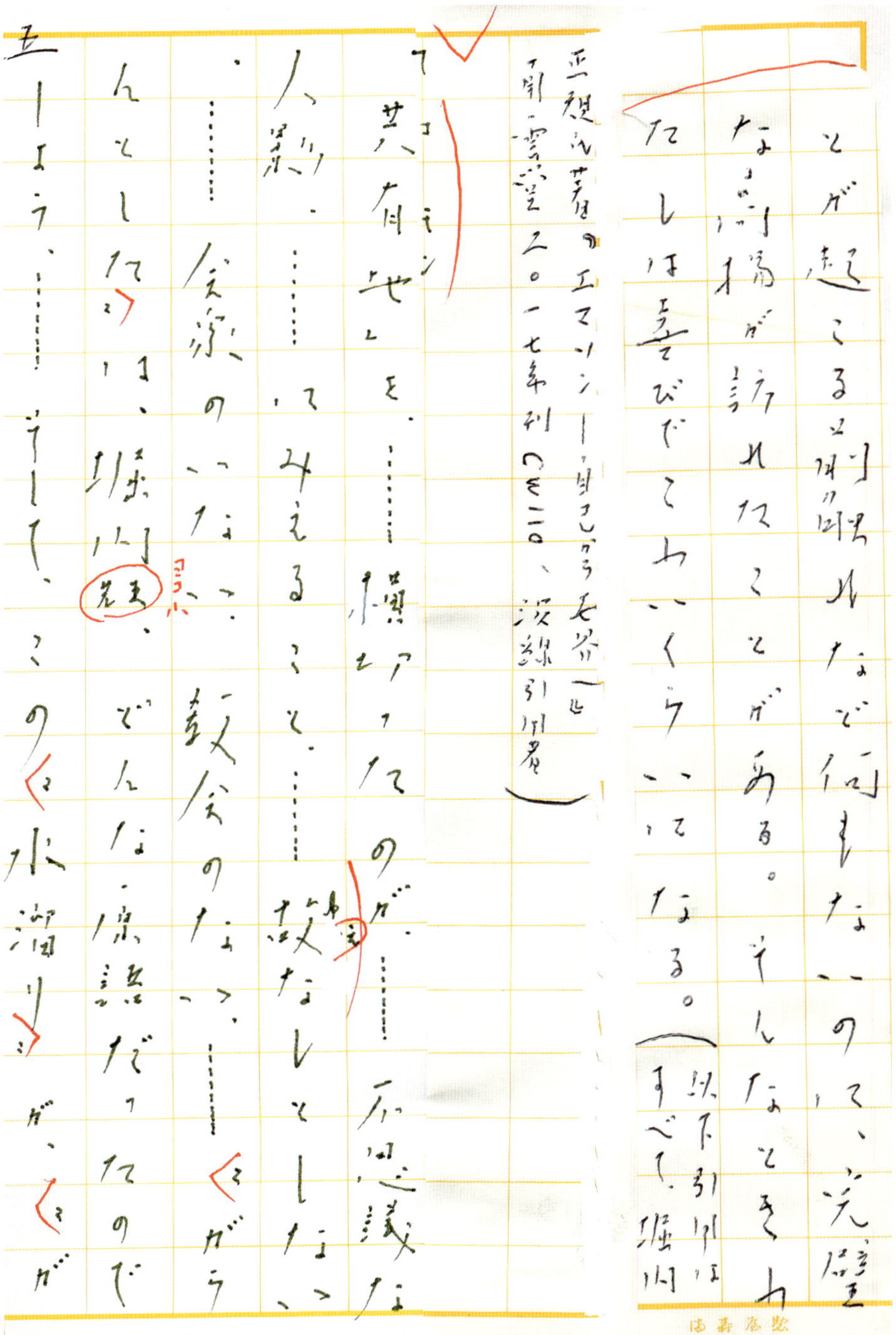

五

とが起こる期待れなど何もないので、完璧な歓喜が訪れてくることがある。そんなときわたしは喜びでこわいくらいになる。（以下引用はすべて堀内正規著の『エマソン—自己から世界へ』南雲堂二〇一七年刊〔p二〇〕、波線引用者）

「コモン」共有せしを・……横切ったのが……不思議な人影・……てみえること・……故なしとしない、・……俟家のいなか・敬父のなか、……〈ガランとした〉は、堀内若き、でんな原語だったのだーよう、……ずーして、この〈水溜り〉が、〈が

六

らんとして、了見が広いのだが、……巨大な
透明な眼（イッヨコ上）or 瞳の前、……のまえで！……がくじ
って、感じられて、……いる……のだ。……あ
る。……。そして、……たとえば、この者の繋げ
り方……。、……
あなたがこれ以上なく感謝に満ちて、あ
なたの心と良心と、いまの落胆の念を実現さ
せるのは、すべての存在の関係の織物（web of relations
of all beings）の完全性を想い起こすときなのです。

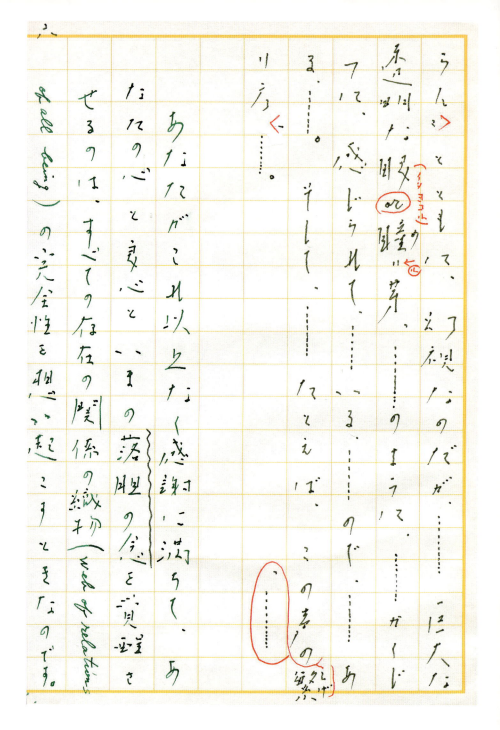

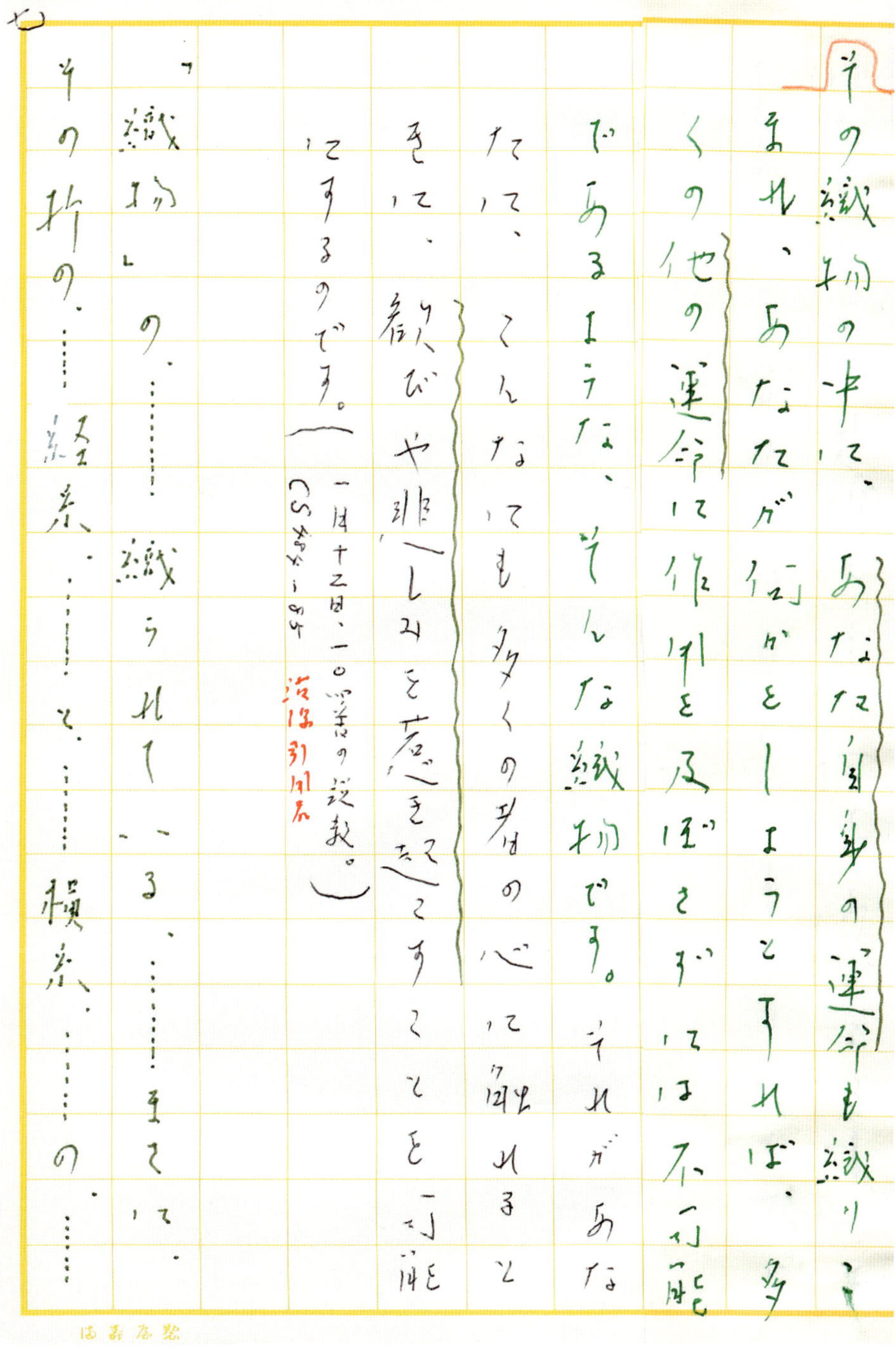

その織物の中に、あなた自身の運命も織りこまれ、あなたが何かをしようとすれば、多くの他の運命に作用を及ぼさずには不可能であるような、そんな織物です。それがあなたにこんなにも多くの者の心に触れるときに、歓びや悲しみを感じさせることを可能にするのです。（一月十二日、一〇四番の説教。）
「織物」の……織られている、まさに
その杵の……経糸……と……横糸……の……

ix「日記（エマソン）」を読む（吉増剛造）

……"文楽"操っても……似れて……て思われ、て
の足下……を、なんとも不思議で……
成ドアだけに……だろう、心一の叫び声
が聞こえしてくる……。その差違が……申し
訳がく……。一茂える……。機は……苦しし
て。……こしても……エレシも。耳を……
……溶したとこだろう……。
きし、知らず……知らず……一瞬にて……
……しして、ワガを／わが魂の叫び……にてもあ
るもの……と。邦楽近現先生の心者の音楽……

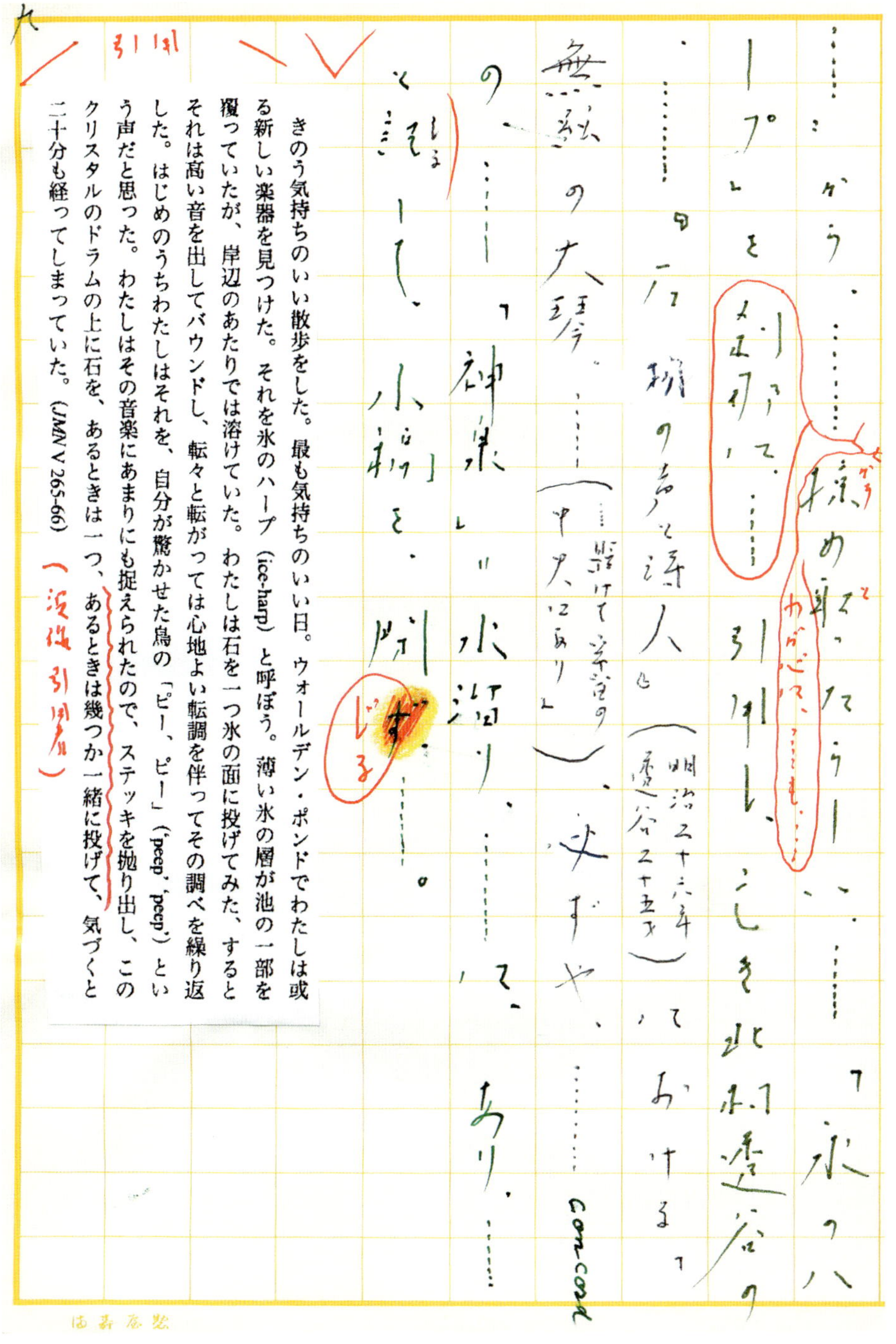

xi「日記（エマソン）」を読む（吉増剛造）

いくつが、……一緒に、……：が、切れ、……切
れ、……に、飛ぶ、……歌のように、みえてゐた
……。一緒、……に。
遼窓、……は、その……小序……に。
エマルソン
とコンコルドと編する一幽棲せの神泉にまり
て新らしき生命を有する遠にふたゝならずや。
と編を記した。……。……神泉《しんせん》水溜り《みづたまり》。

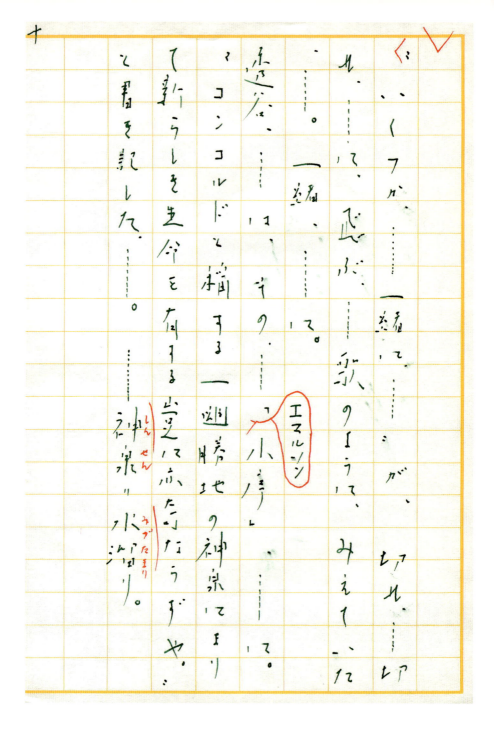

裸のcommonを横切って——エマソンへの日米の詩人の応答／目次

はじめに

ラルフ・ウォルドー・エマソン（一八〇三―一八八二年）。十九世紀アメリカを代表する文学者・思想家。明治期、北村透谷の時代、「エマルソン」として知られた彼が、きわめてヴィヴィッドに、合衆国の声として深く強く響いたことがあった。だが第二次世界大戦後の日本では、徐々にか或いは急激にか、彼の声が薄れ、掠れて、ごく稀に、ごく一部の者たちにしか、しかとは聞こえてこなくなっていったとおぼしい。岩波文庫の酒本雅之訳の二冊本のエッセイ選集も書店に出なくなって久しく、それより前の翻訳である日本教文社版のエマソンのエッセイのごく一部が、現在は入手可能な程度だ。

アメリカの文学研究の世界では、一九八〇年代以降、エマソン・リバイバルとも言いたくなるほどに、優秀な研究者たちが優れた研究を（とりわけ思想的なアプローチから）著してきた。エマソンの時代ごとの読み直し、新たな読み・解釈、或いはエマソンとの進行形の対話は、少なくともアメリカでは単にアカデミアのみにとどまるものではない。わたしが二〇〇四年四月にロードアイランド州の州都プロヴィデンスに一年の予定で居を移した直後、日本からの大きな荷物の到着を待って最寄りの郵便局に何度か行ったとき、日本から来た事情のわからぬ男にやや冷たく言葉少なに話していた、ブルゾンを着た初老ないしは年季の入った中年の郵便局員の男は、わたしがエマソンの研究をしに来たと聞いた瞬間に、「エマソン？」と声のトーンと顔色が変わって、去年プロヴィデンスでエマソン生誕二〇〇周年の催しをしなかったのはとても遺憾な（プロヴィデンスとして恥ずかしい）ことだった！と熱心に語り始めた。わたしは、市井の労働者がいまでも現にエマソンとの知的な対話を大切に考えている事実に心打たれた。

顧みて日本はどうだろう。アカデミアでは細々と、エマソンを研究対象（の一部）にしている「アメリカ文学者」が、いないわけではない。とはいえ、その研究が狭い「学会」の枠を越えて反響することは、悲しいことにまずない。これはわたし自身に跳ね返ってくる指摘になるが、その状況を「それはそれでいいじゃないか」と言える厚顔さは、少なくとも自分にはない。「数」の問題ではない。少数でも「わかってくれる」人たちは日本にも、「学会」の外部に必ず存在する。こちらの届け方の問題なのだ。「アメリカ文学史」というフレームの内部では、大学教育の場も含めて言えば、学者はエマソンを（しばしば批判的なトーンを帯びて）頻繁に、いわばついでのことに、語ってきた。けれど、どうやってアカデミアのボーダーを越えようか？

エマソンにとってスカラーとは"Man Thinking"、「思考するのを事とする人間」を意味していた。いわゆる専門研究者（「学者」）が、それを念頭に置いて、原文でテクストをしっかり読み込む能力と準備をそなえた上で、ボーダーを横切ることを心がけねばならない。現代においてエマソンは、何をどんなふうにわたしたちに語りかけてくるのか。もはや歴史的（文学史的）関心から以外には、エマソンには何も新たに告げるものなどないというのか。そうでないことは論を俟たないのだ。既知の学問的ないしは学者的なクリシェに塗れた手つきを仲介させず、しかしスカラーとしての手助けを供することによって、エマソンはきっと切実に、鋭く、或いは深く、やさしく、読み手に語りかけてくるはずだ。

本書はそうした企図をもってつくられた。

わたしが心から尊敬する日米の二人の詩人、吉増剛造とフォレスト・ガンダーに、エマソンの言葉への反響《エコー》として、それぞれに自由に表現してもらうことを、わたしは依頼した。その結果が本書にあらわれている。それゆえ本書の核は、分量的には多くはないにしても（量は関係ないのだ）、この二人のテクストである。吉増剛造は、依頼からおよそ二年のあいだ頭の片隅にエマソンを置いて、本人の言によれば「苦闘二週間……失語症ならぬ失文症にて、」「とうとう、ようやっと、……」、言葉を紡いでくれた。ガンダーは、突然に最愛の妻を喪う経験のあと、まるでリハビリのようにというのはこちらの勝手な印象だけれど、そう、やはり「失語症・失文症」を乗り越えるように、うつくしい悼みの詩を「エマソンに倣って（after Emerson）」書いてくれた。この応答の実現それ自体が、わたしには一つの奇蹟であるように感じられる。それもエマソン自身の持つちからなのだ。

それぞれのテクストに対して、「なくもがな」であるかもしれない文章を付けさせていただいた。それが「コメンタリー」と「「エピタフ」にいたる道程」の二篇である。ニーチェは『ツァラストラかく語りき』の「学者について」の中で、「学者ははたらく、製粉機のように、そして杵のように。ただ穀物の粒を投げ込んでやりさえすればいい。——穀物をこまかに砕き、白い粉にすることならお手のものだ」と言い、「学者たちが最新の注意を払って毒を調合しているのを見た。いつもガラス製の手袋を指に通していた」と言っていた（佐々木中訳）。わたしの文がそんなふうになっていなければいいのだが。

「吉増パート」にはもう一つ、近年にわたしが「吉増剛造からエマソンへ」という観点から書いた論文を付けさせてもらった（早稲田大学比較文学研究室『比較文学年誌』第五三号、二〇一七年）。読者の参考になればさいわいである。「ガンダー・パート」には、エマソンのエッセイ「経験（Experience）」の私訳を付けることにした。「道程」をお読みいただければ、そうする意味は諒解いただけるはずだ。

末尾に、二〇一一年六月に吉増剛造がフォレスト・ガンダーと共に撮りあげたgozo Cinéの映像作品、「アメリカ、沼澤地方、……」を写真採録させていただいた。ガンダーの比較的初期の詩に“After Hagiwara”（「ハギワラに倣って」）があり、コンコードを萩原朔太郎の「沼澤地方」のイメージと重ね合わせた吉増が、雨の降るウォールデンの湖畔で、ガンダーにその詩を朗読してもらって撮影した作品である。吉増にとってのウォールデンはソローのではなくエマソンのウォールデンであり、そのことが一瞬登場するエマソンの肖像写真にあらわれている。このコンコード行きの小さな旅を吉増は、パートナーのマリリア、ガンダー、そしてガンダーの妻であったC・D・ライトとともにおこなった。映像にはライトの姿はないけれど、彼らの共同の時間のしるしとしても、この作品は存在する。吉増の提案で、本書にそれを採録することができたのは幸せだった。

示し合わせたわけではないのに、吉増とガンダー、両者のテクストにおいて、その芯のところで、“common”と呼ばれる「共有地」を横切るというイメージが、そしてまた横切る場所としての“common”が、きわめて重要な役割を果たしている事実を、わたしは見出した。それはわたしには啓示と呼ぶに値することだった。

> Crossing a bare common, in snow puddles, at twilight, under a clouded sky, without having in my thoughts any occurrence of special good fortune, I have enjoyed a perfect exhilaration.

という箇所がエッセイ『ネイチャー（*Nature*）』の第一章に存在する。Crossing a bare common――わたしはこれを本書のタイトルにすることにした。『裸のcommonを横切って』。

エマソンと吉増の、エマソンとガンダーの、そして吉増とガンダーの、〈共通の場〉としてのcommonがあり、そこを〈よぎる〉営み、交差というできごとが成立している。稀有なことだと思う。その場所への参入は、本書の読者にとって誰にもひとしく開かれている。わたしもまた本書によって、その〈交差〉に参与しようとつとめた。よみがえれ、エマソン、と念じつつ。（2017. 12. 8. 堀内記す）

「日記（エマソン）」を読む

吉増　剛造

静《しづ》かに、……この声《こゑ》が、……無量の、……耳によって聞かれているらしい、……その深淵を考へながら、わたくしも、……この声《こゑ》に、……魂《たましひ》の棘《とげ》あるいは種子《しゅうじ》あるいは芽《め》=瞳《め》の、……ような姿態《すがたかたち》となって、……考へていた、……。この静《しづ》か、……あるひは緩《ゆるや》か、……は、……途方もない閃《きらめ》き、……怖るべき疾《はや》さ、……でも、あるのであって、……その両刃《もろば》の、……いや、無量の環《わ》のひかりだ、……と考へているとき、……あの「栗鼠《リス》」が掌《たなごころ》に、……大事に包《ツヽ》んでいる、……宇宙の、……緩《ゆる》さ、……煖《あたた》か、……に、……も、……届いているとともに、……あの「蛙《かえる》ども」が（一八三七年八月四日）〝岸から三かきばかり泳ぐと、……くるりとこちらを向き、水かき足をひろげたまま水面にじっとしていて、……（これが、ある霊感源ともいえる刹那の光景《こうけい》であった、……）人間の顔を正面から見据え、……〟（ああ、ここが、……この哲人の魂《たましひ》の、……間断のない、……底知れない、……震えの、……一端を、……表《あら》はして、……いる）。……しかも、……何処《いづこ》からとも、……知れず、環《わ》が、……（ああ、この「環《わ》」が、キー・ワードだろう、……）環《わ》となって、……この光景《こうけい》を、……注視している、……らしい、……人々の、……心中をも、……ともに、……感じ取ることが、……叶《かな》ふという、……人《ひと》ばかりではない、……万物の、……時々刻々の、……震《ふる》えの、……根《ね》、……芽《め》＝瞳《め》、……裂け目《クレバス》、……空《air》＝隙《space》を、それを、ともに、……生きることが、……叶《かな》うことらしいということを、……伝へて、……かくじつに、……わたくしたちの、……心の窪地に、……この魂の声は、……届いている、……。たとえば、

……曇り空の下、夕暮れどき、あちこちに雪の溶け残った水溜りのあるがらんとした共有地を横切っていると、特別に幸運なことが起こる前触れなど何もないのに、完璧な高揚が訪れたことがある。そんなときわたしは喜びでこわいくらいになる。（以下引用はすべて、堀内正規氏著『エマソン——自己から世界へ』南雲堂二〇一七年刊CW1 10;波線引用者）

「共有地《コモン》」を、……横切ったのが、……不思議な人影、……にみえること、……故《ゆえ》なしとしない、……会衆のいない、教会のない、……〝がらんとした〟は、

堀内先生、どんな原語だったのでしょう、……そして、この〝水溜り〟が、〝がらん〟とともに、幻視なのだが、……巨大な透明な眼 *or* 瞳《め》=芽、……のように、……かくじつに、感じられて、……いる、……ので、……ある、……。そして、……たとえば、この声の、……繁《しげ》り方、……。

あなたがこれ以上なく感謝に満ちて、あなたの心と良心といまの落胆の念を覚醒させるのは、すべての存在の関係の織物（*web of relations of all being*）の完全性を想い起こすときなのです。その織物の中に、あなた自身の運命も織りこまれ、あなたが何かをしようとすれば、多くの他の運命に作用を及ぼさずには不可能であるような、そんな織物です。それがあなたに、こんなにも多くの者の心に触れるときに、歓びや悲しみを惹き起こすことを可能にするのです。（一月十二日一〇四番の説教。CS 484-85　波線引用者）

「織物」の、……織られている、……まさに、その折の、……経糸、……と、

……横糸、……の、……交接＝接吻にも、……似た、……と思はれ、その上《up》＝
下《down》、……を、なんとも、不思議と、……感じつづけた、……であろう、心への
呼び声が聞こえてきている、……。この遙かな、……そして細かく、……震える、
……機音《はたおと》に、……若くして、……亡くなった、……エレンも、耳を、……澄
したことだろう、……。
さて、知らず、……知らず、……一瞬に、……して、ワガモノ*or*わが魂の芯、
……にもあるもの、……と、堀内正規先生の〝思考の音楽、……〟から、……刹
那に、……わが心に、……も、……掠《かす》め取《と》ったらしい、……「氷のハープ」を
引用し、亡き北村透谷の、……『万物の声と詩人』（明治二十六年透谷二十五才）における「無絃
の大琴、……（……懸けて宇宙の中央にあり」）、必ずや、……*concord*の、……「神泉」＝水溜り、
……に、あり、……と記《しる》して、小稿を、閉じる、……。

きのう気持ちのいい散歩をした。最も気持ちのいい日。ウォールデン・ポ
ンドでわたしは或る新しい楽器を見つけた。それを氷のハープ（ice-harp）

と呼ぼう。薄い氷の層が池の一部を覆っていたが、岸辺のあたりでは溶けていた。わたしは石を一つ氷の面に投げてみた、するとそれは高い音を出してバウンドし、転々と転がっては心地よい転調を伴ってその調べを繰り返した。はじめのうちわたしはそれを、自分を驚かせた鳥の「ピー、ピー」（'peep' 'peep'）という声だと思った。わたしはその音楽にあまりにも捉えられたので、ステッキを抛り出し、このクリスタルのドラムの上に石を、あるときは一つ、あるときは幾つか一緒に投げて、気づくと二十分も経ってしまっていた。（*JMN* V 265-66）（波線引用者）

〝いくつか、……一緒に、……〟が、切れ、……切れ、……に、飛ぶ、……歌のように、みえていた、……。一緒、……に。

透谷、……は、その、……「エマルソン小序」、……に。〝コンコルドと稱する一幽勝地の神泉によりて新らしき生命を有する豈に亦奇ならずや。〟と書き記した、……。……神泉《しんせん》＝水溜《みづたま》り。

〈「日記（エマソン）」を読む〉へのコメンタリー

（吉増剛造がエマソンと交差する、その場＝共有地（common）を、わたしなりに横切ってみよう。）

堀内　正規

静か

「静かに、……この声が、……」。吉増剛造がエマソンに感じる「静かに」は、直截的には彼が読んだ書物、『エマソン選集7　たましいの記録』（小泉一郎訳・日本教文社・一九六一）から来る。日本教文社の「エマソン選集」は全七巻から成り、その最終巻がエマソンの日記から訳者小泉が選んだ文章のアンソロジーになっている。エマソンの前半生、一八二〇年から一八三八年までの日記からの抜粋である。一頁十七行・一行四十四字のゆったりした組み方で、数行から二、三十行の日記の断片が並ぶのだが、日付ごとの断片の間には三行分の空きがあって、この書物それ自体が、それを開いた瞬間に、或る静けさの質を醸し出している。もちろん、そのような外形的な問題ではなく、そこに収められたエマソンの文章にこそ、静かと形容したい質がある。吉増はこの本を熟読した。たとえば一八三一年四月三日の箇所には波だつ水は物の姿を映すことがない。静かなときには、そのなかに大空の面《おもて》全体を映しだす。

影が日光の方向を示すように、私たちの悪徳でさえも神の存在を証明する。

自分が他人に理解されているということは、一つのぜいたくだ。

というところがある(98)。まだエマソンがボストン第二教会の牧師であった時代の日記からだが、ここには独特の澄んだ静けさがある。(一つには翻訳の「波だつ」や「ぜいたく」といった箇所のひらがなの使用法がそれを生むのに貢献している。そもそもこの書物のタイトルを「魂の記録」とせず「たましいの記録」としている点に小泉の感性があらわれている。)或いは、同年十一月四日の記載には、このような部分が見られる。「神はいそぐことをしない。乗合馬車のなかで、自分が正統派の信仰をもつ旅客より非宗教的な話をするのに我慢がならなくなり、他の乗客のような話はしたくないにしても宗教的な人間として行為したい気持から、自分が何かをするところを彼ら乗客に見せたいと望むようなことは、しないがいい。神は機会をあたえてくれる。静かに待つことだ」(123)。こうした姿勢、すなわち自己を主張するよりも受け身になろうとする姿勢が、エマソンならではの主体のかたちを成している。『ネイチャー』で思想家として独り立ちしようとする頃、一八三五年一月十四日の記載はこうだ。

私の思想は私をおとなしくさせる。詩人は、仲間にたちまじっているときは傲然としているかもしれないが、霊感のおとずれを待ってひとり坐しているときには、子供のようになり、謙遜な、うやうやしい態度で、未知の世界から飛んで来る思想を待ちもうける。霊感のおとずれてくる瞬間には、私はその敬虔な奴隷にすぎない。私は、ただひたすら、じっと見つめ、はるか彼方から霊感の極光《オーロラ》が近づいてくるのをよろこび迎える。(228)

こうしたエマソンの姿勢を〈静か〉と呼んで、いっこうに差し支えない。心の姿勢だけではない。吉増が第一パラグラフで引いている「蛙」と直面した経験を書いた一八三七年八月四日の日記の、このウォールデンにおける〈蛙との遭遇〉の前の段落では、

ウォールデンの池は、森のふところに抱かれ、琥珀色の空の下で、青々として美しく、まるで苔のなかにおかれたサファイアのようだった。(278)

と記されていた。その場所は静かな場所なのだ。

吉増における〈静かな場所〉。それがアメリカとつながってもいたこと。著作『静かなアメリカ』に収められた詩「赤馬、静かに(*be quiet please*)アメリカ」は、二〇〇一年の〈九・一一〉のあと、ブッシュ大統領がイラク戦争を始めて、俄かに騒々しくなったアメリカ合衆国に向けて、“be quiet please, America”と言うかのようにして書かれた。わたし(堀内)との対話で、吉増はこの点について次のように語っていた。

とても微妙なところで、それを政治的なメッセージ性を含んでいるのではないというふうには言い切れない。ただ言い切れないと言った上で、そこから先がどれくらいそうしたことを言い尽そうという力でもって説明できるかわからないのです。この漢字の「静」という一語に、僕は言語の手触りとしてむかしからとても大事なものを感じ続けているのですね。写真とエッセイを集めた『静かな場所』（一九八一年）という本を出したことがありました。いまも手や体が覚えていますが、一日に一行ぐらいずつ書くというアメリカでの苦しみの産物でした。対照していただくと、この「(*be quiet please*) アメリカ」という声の出処が見えるのではないかという気がします。たぶん '*be quiet please*' というのはちょっと日常語に近づけすぎて、ふっと入れすぎちゃったと思う。本当は僕のなかでは '*You are so quiet, so that kind of quietness please*' というニュアンスでしたが、……。　(16-17)

このあと更に吉増は『オシリス、石ノ神』において、「アメリカ・インディアンの遺品であるバード・ストーン」をカリフォルニアの砂漠で「黄色い小さな花の下」に置いて座ったときの詩（「荒地にて」）について言い及び、「座ったときにまわりから聞こえてきた声、メッセージ」、「サボテンの声から風土の声へ」のメッセージを「持ち帰った」ことを語っている (017)。すなわち吉増にとって、〈アメリカ〉にはある種の静かさが存在する。

そしてエマソンもまた吉増における〈アメリカ〉の、大事なところにかかっている。吉増がわたしの訳で引用をしている〈common を横切る〉場面、「曇り空の下、夕暮れどき、あちこちに雪の溶け残った水溜りのあるがらんとした共有地を横切っていると、特別に幸運なことが起こる前触れなど何もないのに、完璧な高揚が訪れたことがある。そんなときわたしは喜びでこわいくらいになる。」――これは『ネイチャー』第一章のよく知られた箇所なのだが、「がらんとした」と訳した原語は“bare”であり、物のなさ（木が生えていない）と人けのなさ（ひとりで）の両方を考慮して訳したものだった。ここに私は、重要な場面におけるエマソンの静かさを表していると言ってかまわない。エマソンは『ネイチャー』第一章の冒頭で、ひとはひとりになるためには社会からも自分の私室からも身を退かねばならないと言っていた。ひとりになりたければ、ひとは空の星を見るのがよい、と言うのだが、自然の中で「普遍的な存在の流れ（the currents of the Universal Being）」に貫かれ、「けちくさいエゴイズム」が消えて「透明な眼球になる」と言われるとき（10）、そこは〈静かな場所〉、それも吉増から見ればアメリカの静かさを持った場所なのだ。もう一つ、エマソンの本質的な静かさを示す例として、小泉訳には採られていないが、一八四〇年九月二十日の日記の一節を挙げておきたい。この一節はそのままの形で講演「改革者としての人間」に使われた。

愛はそれが辿り着けない所にも這い進み、知覚できないような方法でそれを成しとげる――己れ自身のてこ、てこ台、動力として――強制力によっては決して達成できないことを。森のなかでみたことはないだろうか？　秋深い或る朝、みずぼらしいキノコかマッシュルームが――まだちゃんと固形をしていなくて、やわらかい粥はゼリーにしか見えない植物が――たえまなく、全身で、考えられないくらい静かに張り出して、地面に降りた霜を破って、ついに頭の上に固い外皮を持ち上げているようすを。（759）

講演「改革者としての人間」ではこれに続けて、「それが優しさが持つ力のシンボルなのです」と言われることになるのだが、この弱くて静かなキノコの、強制力（force）ではない力（power）を「愛」の働き方として見るところに、エマソンの極みが存する。

疾さ

「怖るべき疾《はや》さ」。エマソンのヴィジョンでは、視えないエナジーの流れは速く、それはよりリアルなものとして考えられていた。その一端がよく窺える文章として、小泉訳『たましいの記録』から、一八三八年五月一日の日記の以下の一節を挙げることができる。

松の樹の長い枝をのぼってゆき、それから、あっという間に樫の樹の幹にとびうつり、さらに別の樹へ渡ってゆく栗鼠の美しい跳躍。栗鼠や鳥にみられるこのような運動は、森に住むこれらの動物たちの熟練の極致を示している。彼らは森のよろこびを味わいたのしんでいるのだ。人間は森のなかをあまりゆっくりと歩いてゆくせいか、細部にばかり目を奪われて、このように急速に動いてゆく動物たちが見いだすところの、流動的な、揮発性の、たまゆらにして消えてゆく美を、見失ってしまうのである。（308）

わたしはかつて「神学部講演」について論じた文章の中で、この一節を自分で訳して引いている。そこではエマソンにとっての〈法（law）〉が、概念的な在り方をしているというより、むしろ〈law 感覚〉とでも名づけてよいような、身体的な感覚に基礎を置いた観念であったことを論じていた。小泉が「ゆっくりと歩いてゆく」と訳した箇所は私の訳では「人間は、といえば、森林の中をあまりにもゆっくりと這い進むので、あらゆるディティールに心乱されてしまい」となっていた。わたしはそこで次のように論じている。

全集版日記の編集者の付した註によれば、エマソンはこの中の「這い進む」という箇所の上の余白に、「限界（Limitation）」と記しているという。スピーディに動けないことが世界を知覚するさいの人間の「限界」だと言うのである。一八四一年一月の日記に、最初のエッセイ集について、「わたしのすべての思考は森に棲むもの（foresters）である。……わたしの小さな本を〈森のエッセイ〉（Forest Essays）と呼んではいけないだろうか？」と書いたエマソンにとって、枝から枝へ素速く跳躍する栗鼠や鳥から見えるであろう、個別の名称を持った対象・事物の輪郭すなわち「ディティール」が薄れゆくような、流動し、角がとれ、流れの中で一つに結び合った世界のイメージこそが、より実相に近いものだった。“speedy movers”の身体が抱く感覚、それがエマソンにおける「法」の感覚、「law 感覚」であった。比喩的に言えば、〈栗鼠になろうとするエマソン〉という言い方ができる。（93-94）

こうした見方は、固定した〈存在（Being）〉ではなく、常に変化する〈生成（Becoming）〉として世界をイメージしようとするエマソンの思考を示している。たとえばエッセイ「自己信頼」ならば、いま生きていることだけが役に立つ、これまで生きたということではなく。力は静止した瞬間に消えてしまう。それは、過去から新たな状態へと移り変わっていく、移行のときに宿る。渦巻く川の淵をさっと乗り切ることに、的に向かって飛翔することに宿るのだ。世間が唯一嫌悪すること、それは、魂は生成変化するということだ。（271）

という箇所に露わになっているし、講演「自然の方法」であれば、

われわれが世界の秩序の中で讃える全体性は、数限りない分配散布の結果です。その滑らかさとは、瀑布の頂点が持つ滑らかさです。（119）

となるし、エッセイ「経験」においてなら、

分色された円盤が白になるにはとても速く回転しなければならない。（477）

となる。「栗鼠」だけでなく「鳥」が引き合いに出されることも、気紛れな比喩ではなかった。「経験」では「どこにも留まらず絶え間なく枝から枝へと飛び移る鳥のように、〈力〉はどの男にも女にも滞留せず、ある瞬間にはこの者から、別の瞬間にはあの者から声を発する。」（477）というふうに、「強制力（force）」ではない「力（power）」が、素速く飛び移る鳥に象られている。

〈疾さ〉が吉増剛造自身の詩において決定的であったのは一九六〇年代の作品においてである。とりわけ「ぼくの眼は千の黒点に裂けてしまえ」で始まる、『黄金詩篇』に収められた詩「疾走詩篇」が、いかに吉増の詩が〈疾さ〉において他の追随を許さぬものだったかを雄弁に物語っている。ジャズのインプロビゼーション、車やバイクの運動、米軍爆撃機といった存在にシンクロナイズするかのように、というより高速度のいかなる現実存在をも追い越して、吉増は詩において〈疾さ〉を生きた。だが、二十一世紀において、たとえば『怪物君』の詩作表現にあって、核爆発に見合うかのように、言葉が紙（或いは詩の平面）に、瞬時に縫い合わされることを、吉増は目指してもいる。フクシマの原発事故の荒廃に対抗して、吉増は自身の表現において、それを押し返す核融合のごとき心の流動・沸騰状態を極的にまで持っていこうとしている。〈疾さ〉は更に加速度を増し続けている。エマソンにおいても吉増においても、〈疾さ〉は、その極点として〈瞬間〉という形をとる。

刹那（瞬間）

「ある霊感源ともいえる刹那の光景《こうけい》」。「刹那」という吉増語をエマソンのいう「瞬間（moment）」と置換するなら、それはエマソンが世界と触れて、日常的な認識の網の目を破って見えない流れを感知する〈時〉を意味していた。最もよく知られた事例は、『ネイチャー』における、森の中で自己が「透明な眼球」になったかのような経験を記した箇所であろう。北村透谷はエマソンのこの特徴を「瞬間の冥契」という言葉で名づけた。瞬間の重要性について、小泉訳日記『たましいの記録』に拠るなら、たとえばエマソンの次のような言葉が見出される。

……教会へゆく途中で考えたことだが、人間は、現在という時間を新しい「瞬間」として捉えることが、何とまれであることか！　神を鋭く感ずる魂にとっては、あらゆる瞬間が新しい世界なのだ。（一八三四年二月二十二日、214-215）

神は瞬間の中に仕事をする。（一八三六年八月二十九日、253）

「神を」「神は」といったキリスト教的な物言いが問題なのではなく、或る瞬間に、世界が新しくなるような「鋭く感じる」知覚があることがポイントなのだ。それゆえに一八三七年十一月二十四日の記載から小泉が選んでいる次のセンテンスもまた、そうした瞬間の感覚の痕跡であったと言っていい。

今日の午後、森のなかで、干からびた小枝の先についた赤い芽が、やがて来たるべき永遠のほうへ伸びあがり、それを予言しているように見えた。（288）

この小さい「赤い芽」との瞬間の出遭いが「永遠」を指し示す（と感得される）。吉増が同書の一八三七年八月四日の日記の中に見出した蛙との遭遇もまた、こうした刹那＝瞬間の経験のしるしとして、読み出された。ウォールデン・ポンドに散歩に行ったときの体験。

水蓮は幸福にみちみちていた。歩いてゆく一尺ほど前を、陸からあわてて池の中へ飛びこんでゆく蛙どもは、なかなか感心な動物だ。というのは、彼らが逃げ出すのは、彼らの人間にたいする好奇心と、人間に近づきになりたいという願いよりも、彼らの臆病さのほうがすこしばかり強いだけにすぎないからだ。岸から三かきばかり泳ぐと、この小さな遊泳者は、くるりとこちらを向き、水かき足をひろげたまま水面にじっとしていて、人間の顔を正面から見据え、こちらが攻撃を加えない限り、そのままの姿勢でいるのだ。（278-279）

最後の箇所の原文、“Three strokes from the shore the little swimmer turns short round, spreads his webbed paddles, & hangs at the surface, looks you in the face & so continues as long as you do not assault him.”（539）これを小泉の翻訳と比べたとき、要所は「人間の顔を正面から見据え」になる。原文では“looks you in the face”であり、「あなたの顔を」を敢えて訳せば、「こちらの顔をまっすぐに見て」とでもなるだろう。小泉はおそらく、「蛙は（エマソンがここで言うように）動物であり、見られるこちらはそれに対して人間である」と解釈した。その場合、動物の種としての「蛙ども」のうちの一匹が、「人間」という種の一員であるエマソンを見ていて、区別の線分は生き物の種の平面上に引かれていることになる。（それは幾分かソローを想起させる。）だが、おそらくエマソンにおける区別の線分は「この蛙」と「この自分」との間に引かれていたのだ。そして、小泉の日本語訳を通してであっても、吉増が読みとったのはまさしくこの単独な遭遇の質だった。吉増はここに、エマソンの「震え」を、「裂け目《クレバス》」を、「空隙」を触知した。「空《air》＝隙《space》」とそれが表記されるとき、吉増はこの裂け目の向こうに気流のようなものの疾い流れの空間をイメージしていると受けとめていい。蛙と目が合ったとき、エマソンは無限を触知して震えた。蛙の目はその身体的な感覚を介することで、一つのその場限りの通路となっている。岩田慶治ならば「その時、その場の一神教」と呼ぶできごと（『道元との対話』、65）。

吉増によればこうなる。エマソンにおいて、〈瞬間〉の経験は、その都度、世界に裂け目が開き、小さな穴のような「空隙」が開《あ》く経験である。その向こうに垣間見えるものは、「深淵」である。そこに「神」がいるとしても、不可視のユニバーサルな法の流れがあるとしてもかまわない。それをリアルな何ものかと感じとる姿勢が、エマソンの自我の開けを示し、世界を受容する態勢を示唆している。これをありきたりなロマン主義の亜流と見ずに、現代の詩人の真摯なスタンスと捉えることが求められている。

眼・環・水溜り

「巨大な透明な眼」。吉増が「透明な眼」というとき、『ネイチャー』における有名な箇所が想起されていることは疑えない。

森の中で、われわれは理想と信仰にもどる。そこではわたしは感じる、人生において、自然がつぐなえないようなものは何も、どんな恥辱も、どんな災厄も、（もしわたしに眼だけでも残されていれば）身にふりかかることはないと。剥き出しの地面に立って——頭を快い大気に浸して無限の空間にもたげていると——あらゆるけちくさいエゴイズムは消える。わたしは一つの透明な眼球になる。わたしは無。わたしはすべてを見る。普遍的な存在の流れがわたしの中をへめぐっていく。わたしは神の一部になる。（10）

「神秘主義的」と称されることもある極めて強度の高いパッセージだが、ここで召喚されている「眼球（eye-ball）」のイメージは、透き通った気流に貫かれて、小さいエゴの鎧を解かれて、ひろい世界（宇宙）のネットワークに接続された主観性の、瞬間的な体験の在りようを示している。小さな自己は「無限の空間」と地続きで、そこで主体は一個の穴、あるいは空隙になる（という身体的感覚が生じる）と言ってもいい。「もしわたしに眼だけでも残されていれば」という留保の括弧が入っているが、この「眼（eye）」は身体の器官としての視覚を意味する。そこで「眼」は世界を受容する器官としてあり、主体が〈存在〉に充満させられ、ルサンチマンを掃き出して世界が有ることに充実し、「人生」のいっときにたとえ激しい苦しみがあったとしても、そのことで世界の〈善さ〉は変わらないのだと得心するための感覚の入口としてある。他方「透明な眼球」は「無」であるという意味で、器官を持たない身体なのだ。ここで主体は「剥き出しの地面（bare ground）」に立っているのだが、"bare"とは共有地を横切るときにその"common"を形容するために使用された語でもあった。

もう一つ、エマソンのエッセイにおいて「眼」がひときわ印象に残る形で記された例が、「円環（Circles）」の冒頭にある。エッセイ「円環」は次のように始まる。

> 眼は最初の円だ。それがつくる地平が二つ目の円。そして自然界を通じてこの根源的な形象は終わりなく繰り返される。（403）

エマソンはこのエッセイで世界と人の生において、いたる所に無数の円が描けることを語っていく。それは個人の主体を起点とするなら、人間がありとあらゆる局面で、（理念的には、そしてイメージを創造するという点では）ゼロからもう一度スタートすることができるということであり、エマソンはそれをことほぎながら読者を励まそうとしている。吉増がエマソンのこのエッセイを、或いはエマソンにおける circle のフィギュールを念頭においていたらしいことは、「「日記（エマソン）」を読む」冒頭近くで、「無量の環《わ》のひかり」と記されていることから窺える。「環」は「円」だ。エマソンにおいて「眼」が「円＝環」であったことは確実に吉増によって感得されている。それが「無量の」「ひかり」であると言われるとき、エマソンの可能性はいまあらためて現代の詩人によって摑み出されている。「無量の環」の「環」は circle であると同時に wheel でも loop でもあり、ring でも link でもある。それは輪を描く無限の運動であり何かをいっとき囲い巻くその都度の運動でもある。おそらくエマソンの書記行為、「日記」を書く行為そのものもまた、そうした運動だったのだ。この点から、吉増が読んだ小泉訳『たましいの記録』から次の一八三五年一月二十三日の記載を引いておこう。

> 文章を作るときの法則の一つはこうだ――どんなに念入りに長々と準備をしても、文章を造型する瞬間は、依然としてのるかそるかの危機であって、成敗のすべてがそこにかかっている重大な瞬間なのである。（229）

このことが誰にとっても〈書く〉行為の肝になっていることは確かだとしても、誰にもまして、「のるかそるか」の「危機」の「瞬間」に賭けるという態度は表現者・吉増剛造に当てはまる。エマソンの「人影」が横切る「共有地」にある「溶け残った水溜り」もまた、吉増において「環」の一形象としてある。研究者たちからボストン・コモンであると見なされているその場所で、張りつめた空気の中、冬の夕暮れどきの空は曇っているとしても、「水溜り」は空を映していたと想像していいだろう。少なくとも吉増が「水溜り」を透谷の語る「神泉」と等号記号で結ぶとき、「水溜り」は神の無限に通ずる穴＝空隙としてある。足元の小さな「水溜り」を、「完璧な高揚」をもたらす「無量の環」の瞬時の変形として見ること。それが吉増が促していることだ。そしてこの「環」は、エマソンが小石を投げつけた、表面に薄く氷の張ったウォールデン・ポンドでもある。それはまた、大きな「瞳」だ。ソローは『ウォールデン』においてウォールデン湖が世界の中心にある大きな瞳だと表現したけれども、吉増によれば、エマソンにおける「眼」は「芽」と等号で結ばれる。「芽」はエマソンが「キノコ」について語ったように、まさにいま発生しつつある初源の開始であり、恒常的に在るものではなく、あくまでもできごととして現象する。「わたし」が「透明な眼」になり、「水溜り」が「神泉」になるように、ウォールデンは瞬時の間「瞳」になる。それがエマソンだ。

織物

「「織物」の、……織られている、……まさに、その折の、……経糸、……と、……横糸」。吉増が引いているのはエマソンの牧師時代、最初の妻エレンが結核で死に瀕しているときに彼が教会で行なった説教（一〇四番、一八三一年一月十二日）の草稿原稿からの一節で、わたしの著作『エマソン　自己から世界へ』の第五章「死者の痕跡」に引用されているものである（137）。この章でわたしは、エマソンがまだ著述家として独り立ちする以前、エレンという名の妻を若くして結核で喪った経験が、後の彼の思索・思想に深い痕跡を残したのだと主張している。エッセイ「自己信頼」（一八四一年）に結実する“self”（「自己」）の思想の初発の段階において、実はエマソンの「自己」は、エレンという、愛する死者に先立たれ、彼女に応答する営為において既に胚胎されていた、というのがわたしの指摘したい要点だった。吉増が引用している説教の一節を引いた直後、わたしは次のように書いた。

現実がどう努力しても意志通りにはいかず、進退窮まったとき、世界が現にありのままで在り、そこで自己もまた一つの大きな絵柄の一部であるということを得心するなら、人間はその認識をいわば梃にして、心を鎮めることができる。これは決してキリスト教徒に限定された認識ではない。それは人間の経験において、数知れぬ者が逢きあたってきた、からだの深いところで受けとめられる認識である。(138)

病床にあったエレンはこの原稿を読んで慰めを得たという。わたしの読みは、エマソンがキリスト教の牧師として語った言葉にも、神学や宗教の枠を越えて、人間の生の深い在りようを照らし出す特質があったということで、それは現代においてエマソンをいかによみがえらせるかの一つの試みでもあった。エマソンは、会衆みなに宛てて書いた言葉によって、死にゆく妻に向けて「あなたはひとりではない。たったひとりで死ぬのではない」と告げようとしたことになるのだが、そこで現れる〈運命の織物〉という言葉に、吉増の目は注がれた。

〈織物〉は吉増剛造において極めて本質的な関わりを持ち続けてきた。この点でとりわけ重要な詩集は一九七七年刊の『草書で書かれた、川』である。たとえば詩「織物」は、「宇宙の一部分、銀河のあたりに、わたしは秘密の織物工場をもっている。／終戦後、弾丸工場はつぶれ、八王子空襲の夕焼け空を背に、一家は引越してきた。」と始まる。一部を引く。

武蔵野に風吹き、電灯がゆれている。もう、彼岸《あっち》だろうかと耳をすますよ。寧楽《なら》時代には古名麻《ふさ》。やがて福生《ふっさ》とよばれるようになったところにある、秘密の織物工場。
宇宙的な名の
加美《かみ》や志茂《しも》。
風が吹く。
織目の
筬《おさ》。
秘密の織物工場でわたしは筬《おさ》に糸をとおしていた。左の親指の爪をさしこんで、母から経糸《たて》を引いていた、軍需工場あとの織物工場。　(52-53)

吉増の父・一馬が経営していた現実の織物工場の記憶が、詩人の精神内部の宇宙を窺わせる「秘密工場」となる。「精霊信仰の少年ゴーチャン。」で始まる、少年時代の回顧にまつわる詩「スライダー」では「旋毛《つむじ》の渦《うず》はまだややひだり巻きに風に靡《なび》いてる、ウラル・アルタイ語族の *tömji* の渦《うず》は／織物／の／ワ。／紡車《いとよりぐるま》／の／環。」(58)という箇所がある。これに続けて吉増は「昭和十九年の幻を／織る。」と書き、「織物」と「織る」ことは彼の少年期と深く結びついて表現されていることが判る。同書所収の詩「空中の声」の冒頭では「ヘラクレイトス！　空気の織物！」という詩行が見え(115)、「織物」の語は生成としてある世界のメタファーとして使われている。詩人の幻視上の歩行をなぞるかのような長詩「胡人は眠り、人語が響く」では、

川であった、西岸にいて水車となり、黄金の経糸《たていと》を流す
山女はまとわりつき、精霊ものぞきこむ、水の織物である
蒼い淵、一頁、一頁、時間のヤツ、水しぶきをあげてゆく
そして薄紫色に染まった棚機《たなばた》もうごきだす、小川であった　(162)

という連が見られる。「黄金の経糸を流」し「水の織物」を織る者は詩人であろう。「一頁、一頁」と記されているように、この「織物」は吉増自身の手になる詩のテクストである。それゆえに、「八月の夕暮、一角獣よ」の第三連最終行の「詩は鋭い牙、その響き、一滴、一滴、また一滴」に続く第四連は、

永遠に水音が響くだろう、惑星の墓所まで、詩篇は象の群となり
白いシャツを自分で織らなければならない、その、機《はた》の糸
宇宙は観覧車、精神集中をして、巻きとる糸車ににている
八月の終わり、飛行機の精霊的な尾っぽのひかり　(181)

となり、ここでも「詩」が「織物」となっている。

詩「織物」の「母から経糸《たて》を引いていた」という箇所と呼応する重要なテクストが、吉増の母、吉増悦自身によって書かれている。二〇〇七年に刊行された『ふっさっ子　剛造』がそれで、その中で、敗戦後（昭和二十三年）、福生で吉増剛造の父が「機屋《ハタヤ》」を始めたことを、うつくしいエクリチュール

で悦は書いている。

終戦後、福生駅の東口で機屋《ハタヤ》を始めましたのも「左近さん」〔注・一馬の叔父〕の言葉「青梅の織物は原始的だ。今から原始的もよいと思う。」に従いましたし、左近さんはお金を随分貸してくれました。昔の昭和飛行機の下請けをしていた機屋《ハタヤ》さんの清水工業さんに一馬は教わりに行きました。わたくしも自転車で通って糸まきの練習をしました。最初一馬が整ケイを習って来てわたくしがセイケイ（整経）の係りになりました。セイケイ機にかけるオサも剛造との共同作業でした。セイケイが終わったビームを剛造とわたくしで「ソウコウ（綜絖）」に通すのです。機屋《ハタヤ》を始めてから剛造は随分と助けてくれたものです。わたくしと剛造はいつも「夜なべ」に「オサ（筬）通し」をしました。（39）

吉増悦は二〇一七年十二月に亡くなった。二〇一八年五月に刊行された『火ノ刺繍』は二〇〇八年から二〇一七年までの十年間に吉増が執筆したり講演や対話で喋ったりした言葉のほぼすべての集成だが、その冒頭の書下ろしの詩篇において吉増は「*Étsu*（母（ハハ、……））さん。貴女の、火ノ織機《ショッキ》を、……乏しい詩作に代へて言葉を、紡いだ、……。」と書いている（4）。この冒頭の詩に呼応するように、「あとがき」で吉増が、エミリー・ディキンスンに言及して「あるいは、この『火ノ刺繍』の掉尾、*Emily*（*Dickinson*）の縢《かゞ》る糸と縫《i》針にも、この〝心の絲の仕《i》草は、……〟とどいていたのかも知れなかった、……。」と記したあと、次のような言葉が現れる。

あるいは、*gozo*、八、九歳のときの、筬《をさ》の向こうの母親に、縦糸をの、……睡い眼をこすりながらの、筬通《をさとお》しの夜鍋仕事、その辛い幼ない屈んだ身体《しんたい》にも、……。（1219）

エマソンの言う「織物」はひとの「運命」の綴れ織りを示していたが、ここまでわたしも幾つかの吉増のテクストを織る織物をしてきて、「織物」の語とメタファーそれ自体が、吉増の生の「運命」を織りなしていると感じる。エマソンの人生の「織物」を引用してテクストを記した吉増の「織物」の中に、鬼籍に入った母・悦の存在が、それを織りなす糸として入っていないとは誰にも言えないだろう。

北村透谷

「亡き北村透谷の、」。透谷の「万物の声と詩人」を吉増は一九七五年執筆の『透谷ノート』及び一九八一年刊の『静かな場所』所収の「蓄音機」において、引用して言葉を費やしている。「無絃の大琴懸けて宇宙の中央にあり」は以下の箇所に現れる。

……否、否、眼眸も鼓膜も未だ以て真に醜美を判ずべきものにあらざるなり。凡そ形の美は心の美より出づ。形は心の現象のみ。形を知るものは形なり、心を視《み》るものは又た心ならざるべからず。造化は奇しき力を以て、万物に自からなる声を発せしむ、之を以て聊《いささ》かその心を形状の外にあらはさしむ、之を以てその情を語らしめ、之を以てその意を言はしむ。無絃の大琴懸けて宇宙の中央にあり。万物の情、万物の心、悉《ことごと》くこの大琴に触れざるはなく、悉くこの大琴の音とならざるはなし。情及び心、一々其軌《そのき》を異にするが如しと雖、要するに琴の音色の異なるが如くに異なるのみにして、宇宙の中心に懸れる大琴の音たるに於ては、均《ひと》しきなり。個々特々の悲苦及び悦楽、要するにこの大琴の一部分のみ。（317-318）

「万物の声と詩人」は透谷自死の前年、『エマルソン』執筆にも重なる時期の代表的なエッセイだが、この「宇宙の中心」にかかる「大琴」の傍らにいて、万物の声を聴きとりそれをうたうことが詩人の役目だと説いている。エマソンの言葉を借りて言い換えをするなら、個々人の悲しみや苦しみと思えるものもみな人間ないし自然に相通ずるcommonな特質を持っているということになるが、その共通性を宇宙の中心の「無絃の大琴」というイメージで語る点に「詩人」透谷の面目が躍如している。『静かな場所』の作品「蓄音機」において吉増は書いていた。

若くして死んだ明治の詩人北村透谷の文章（「萬物の聲と詩人」）のなかに

宇宙の中心に無絃の大琴あり

という、はっとするように美しい言葉があった。美しい言葉というよりもあるヴィジョン（視覚、光景あるいは視像）といったほうがよいかも知れない。この透谷の「大琴」にわたしはハープ（竪琴）のような姿を勝手に想像していた。堂々たる円柱や細工をほどこされ彎曲したハープの上部、その「無絃の大琴」が宇宙の奥に浮かんでいる光景。（112）

この部分は少しだけ形を変えて詩集『大病院脇に聳えたつ一本の巨樹への手紙』(一九八三年)の詩「登高者」にも現れる(24-25)。吉増において「無絃の大琴」が不可視のハープであるとすれば、彼の目がエマソンの日記にある「氷のハープ」に留まったことも不思議ではない。エマソンは半分溶けかかったウォールデン湖の表面に石を投げてみて、未聞のうつくしい琴を聴きとった。それは彼にとって、宇宙を貫く〈法〉が形をなして、己がからだを貫くような、いわば〈心身脱落〉の経験だった。(「掠め取った」云々については、本書に収めた付論を参照していただきたい。)そしてそこから透谷に戻れば、その「無絃の大琴」はエマソンの感じたことと無縁でないどころか、その本質にかかる事柄を指していたとも言える。

透谷自身はエマソンを「詩人」としては認めていなかった。『エマルソン』第六章「エマルソン小論」の「其二　彼は詩人なりや」で言う。

> 然れども余は白状す、余がエマルソンに対する尊敬は、彼の論文にありて、彼の詩にあらざるを。……彼の思想は詩人としては、余りに凝固的なり、余りに静平にして且つ幽奥なり。彼の詩は彼の論文の繰返なり。(87)

透谷の言う「彼の思想」こそが、彼自身の内奥に深く触れ得たものだった。「静平」という点を透谷は随所で強調する。「然れども来りてエマルソンを見れば水平らかに浪動かず、将《は》た又た何の奇趣あるを認むるなし。エマルソンの生活は平凡の生活なり、然れども此の平凡なる生活に大なる生命あり、この生命は即ち彼の伝記なり。」(29)と言い、また「彼の生涯は静かなる沙の上を滑らかに転ぶ輪の如し、常に同じく常に異なれり。」(31) と言う。わたしなりに言い換えれば、エマソンは踊るよりも歩行するひとだったということになる。その歩行の歩みに「生命」が躍動していた、と。透谷はエマソンが「詩人」でないだけでなく、「哲学家」でもないと言う。

エマルソンは哲学家にあらず、然れども哲理の据付手《プロパウンダー》なり。彼は建築学者の大なるものにあらず、然れども彼は統領の尤も大なる者なり。此の故に彼は哲理に於て重きにあらず、哲理の据付けに於て重きなり。理想と実際とを結合したるところ、之れ即ちエマルソンの教理の秀でたる成果なり。(117)

種本になるアメリカの書物があったとしても、大工の統領のようにエマソンを言うこの指摘は、新鮮であり、卓見でもある。そこから透谷が『ネイチャー』だけでなく、「自己信頼」を重視する視点が出てくる。「自信論」と訳されたそのエッセイについて語りながら、透谷は「然れどもエマルソンのエマルソンたるは、その神秘説に於てのみ存するにあらず、その唯心論に於てのみ存するにあらず。彼の唯心的神秘的の哲理が、奇しく人間の実際的宗教となりて、吾人の上に臨める永遠の福音となれるところ、是れ即ち吾人がエマルソンに景仰すべき所なれ。」(70) と語るが、アイディアルな領域と現実世界との間に立って、それをつなぎ、その均衡を考え続けたエマソンが、透谷によってよく摑まれている。この点を透谷はとりわけアメリカ合衆国との結びつきにおいて捉えていた。「亜米利加の民は思弁の民にあらず、彼は之を知れり。亜米利加の民は理解力の民にあらず、彼は之を知れり。亜米利加の民は荘重の民にあらず、彼は之を知れり。亜米利加の歴史的高大の以て天下に誇るべきなし、彼は之を知れり。亜米利加は兵力を以て世界に雄視すべき国にあらず、彼は之を知れり。之を知れるは心を以てなり、精神を以てなり」（99）。透谷は「然り、雑彪は彼の天職たりしなり。」（101）と述べているが、それを彼は決して弱点としては見ていなかった。「雑彪」はカーライル宛の書簡の「余は雑彪《ミセラニー》の犠牲なり」から透谷が用いている語だが、エマソン自身にとって否定的な意味で使われた言葉を透谷が価値転換していて、現代から見れば、まさしく"miscellany"こそ、生活する或いは生きる現場において、ある種の濁りとしてだろうか、肯定すべきポイントに見える。「彼は自ら白状する如く、報告者にして、又た雑物の人たり。然れども此の報告者、此の雑物の人にして始めて、極めて真摯なる心を以て、「自然」の奥義を窺うことを得るなり。彼は嬰児の虚心を以て、「自然」の意義を探れり、」（104）と透谷が述べるとき、エマソンが処女作『ネイチャー』でドイツ譲りの「唯心論」を徹底させることに抵抗するかのように、理論的な追求をやめて、「わがオルフェウス的詩人」がうたう言葉で一篇を締め括ったことの本質を、確かに射抜いていたと思える。その態度のゆえに、おそらく透谷はエマソンに率直に学ぶことができたのだろう。

……彼は「一」の思想の上に立てるものにして、此点に於て他の多くの万有思想と全く其軌を異にせり。彼は生命の中心を心霊とし、万物の中心を同じく万物の心霊とせり、而して是等の一切のもの、元素、一切のもの、原因にして、すべての関係を離れたるもの、凡ての双対を離れたるもの、即ち「全《ホール》」なるもの、之を以て神とせり。（106）

……真正の事実は奥妙なる「心」にあり。宇宙は事実の堆積にあらずして、「心」の実在なり。

この実在の「心」、この不退転の霊、之れ即ちエマルソンの楽天主義の本源なり。(115)

彼の重んずるところは人性《ヒューマニチー》なり。然れども人性の外面の事実にあらずして、内部の生命にあり。この「内部の生命」は凡ての希望の宿るところ、凡ての力の発するところ、労力も富も工業も之と相渉るの処に於て、神聖なる者となり、永遠なる者となり、不老不死のものとなる。(120)

これらの言葉はエマソンの思想であるとともに、透谷自身の著作にも嵌入し合い呼応し合うものを持っている。「万物の声と詩人」もまた、終盤、詩人の役目について、「宇宙の中心に無絃の大琴あり、すべての詩人はその傍に来りて、己が代表する国民の為に、己が育成せられたる社会の為に、百種千態の音を成すものなり。ヒューマニチーの各種の変状は之によりて発露せらる。」(317)と説くのであり、エマソンと透谷の思想の通い合いは紛うことなく露わである。

エマソンの「静」と透谷のつながり。「心に死活を論ず」において、透谷は言う。

凡そ湖水のたゝふるところの地勢は、必らず山をめぐらしてあるなり、而して湖水のたゝふるところの下には必らず底あるなり。人間の真《しん》に静なるを得るは、大《おほい》なる自信を其の底として持つ時なり、而して人間の真《しん》に静なるを全うするは、四方を囲《めぐ》れる山あるを以てなり、即ち大《だい》なる真実、自然にも似たる、風雨をも嘲りて立つ大真実あればなり。(96)

吉増は『透谷ノート』においてこの箇所を引用して、「透谷のこの湖水のイメージがそのもっとも静かなときの「心宮」の形象をうつしだしている。澄みきって真珠のようなひかりをはなつこの「心宮」が、山獄から吹きおろしてくる烈風をうけて狂おしく荒れはじめる瞬間がある。」(73)と述べている。そして「このような心象を……透谷の心にうつった小天地の影として、その異様なほど澄みわたった心の、あるいは鏡の角度のようなものとしてみるべきだろう。」(73-74)と言う。吉増がここに捉える透谷の湖水の静かさは、「烈風」を受けていつなんどき荒れ始めるものであるとしても、透谷が「水平らかに浪動かず」としたエマソンの生の「大なる生命」、「静かなる沙の上を滑らかに転ぶ輪」にも当然のように結びついてくる。吉増は「万物の声と詩人」と同時期に書かれた「一夕観」の「其二」冒頭の文、「われは歩して水際に下れり。」(325)を取り出し、そこに「心の死活を論ず」の「湖水のたゝふるところの下には必らず底あるなり。」を重ねて論じている(86-87)。透谷の足跡を辿るように小田原を旅しながら書かれたその箇所では、吉増が「小田原からの帰途、透谷の「エマルソン」を読みつつ電車にのっていた」と述べる件があって(87)、『エマルソン』と「一夕観」との共通する箇所があると指摘されている。吉増の想像力上で、透谷の水の場所のイメージ、「湖水」―「水際」の通じ合いが成立する。それがまた透谷『エマルソン』における「コンコルド」の「神泉」へと通《かよ》っていった。それが「「日記(エマソン)」を読む」で生起していることだ。

第六章「其六」において透谷は、「余は親しく其の所謂コンコルド河なる者を見ず、然れども見えざるコンコルド河は悠久として万古に流れ、是より後世界の有らゆる部分に向って、人生の価値《かち》、人生の悦楽に関する生命の水を注ぎて終るところなかるべし。」(117)と書いていた。この見えないコンコード川の水の流れのイメージは、無論明治期にあって現実のコンコードの地に立つことなど到底不可能であった日本人透谷による、一種の理想化であると、言えば言えなくはない。だが現地に行けて、現物としてのコンコード川を見ればそれでよいのだろうかと、逆に反問せねばならないだろう。なぜなら、いまも昔も、問題なのは常にテクスト、エマソンが記した言葉そのものなのだから。透谷は冒頭の「小序」において書いている。

……吾人エマルソンに於て波瀾ある歴史を見ず、大濤の巌を打つが如き快観を見ずと雖も、読み去り読み来つてその生涯の著述に対する時は、恰も幽澗に入りて神泉の混々《こんこん》湧出するを見るが如く、愈掬して愈清く、掬し盡して而して更に掬すべきものあり、遂に又た際涯あるを見ざるが如きに至る。

然り神泉なり。米国はエマルソンにおいて一の霊妙なる神泉をもてり。(10)

すなわち透谷は、エマソン(の著作)それ自体が「神泉」であると言っていた。そして「小序」の締め括りでこう書いた。

……嗚呼茫々漠々たる大米州、たゞコンコルドと稱する一幽勝地の神泉によりて新らしき生命を有する豈に亦奇ならずや。(11)

エマソン、〈エマソンのいるコンコード〉を、「神泉」、神の泉として尊ぶ透谷の態度を、現代のわたしたちは時代ゆえの無知の反映として打ち捨ててよいだろうか。これは〈外国〉を神秘化・理想化するといった行為とは異なる次元の、〈文学〉をどう読むかという問題である。吉増が透谷の「神泉」

をエマソンが横切った「水溜り」と等号記号で縫い合わせるとき、この問題はまったく現代のそれとして再生する。

『草書で書かれた、川』に収められた詩「電話機から老詩人の声が響いてくるとき」で、「わたし」は「坂道をくだってゆく」(140)。その詩の第八連はこうなっていた。

何処《いずこ》へゆくか。
水溜り。神話。わたしは神話がきらいだ。好きなのはその奥にかくされた神。ひじょうに輝かしい肉体がそこにかくされている。そのカミがわたしは好き。そしてそのことをはっりいうことがわたしは好き。そのわたしは死につつあるのだ。その水溜りがわたしの眼なのである。(143-144)

すでに一九七〇年代半ば、吉増は詩の中で「水溜り」と「カミ」と「眼」を結んでいた。二〇一八年八月において、その結びつきはおそらくは一度吉増の記憶の底に沈んだ後に、エマソン(とわたし)のテクストを触媒としてよみがえる。だがそう言ってては正確ではないだろう。エマソンの common の横切りは、いまあらたに、小さな水溜りをジャンピングボードにして、そして透谷を通過して、宇宙に浮かぶ不可視の「大琴」と不可視の「眼」に通ずる通い路へと変成した、と言うべきなのだろう。

人影

「不思議な人影」。commonを横切る「不思議な人影」は、たとえその行為をしたひとがエマソンであったとしても、エマソンその人ではなく、エマソンであってもなくてもよい誰か、誰でもがそうなり得るような誰かである。或いはこう言ってもいい。テクスト上に存在が窺えるその者は生身のエマソンではなく、もうひとりのエマソン、別なエマソンであると。

この点でここに重ねてみることができるのは、西脇順三郎が詩集『旅人かへらず』（一九四七年）の「はしがき」で著した「幻影の人」だ。吉増剛造にとっての西脇順三郎、とりわけ『旅人かへらず』の重要性は、たとえば二〇一五年の酒井忠康との対話、「幻影の人、西脇順三郎と絵画」を参照すれば明らかだ（『火ノ刺繡』所収）。吉増がエマソンのテクストに「不思議な人影」を感知したときに実際に西脇の「幻影の人」が脳裏に浮かんでいたかどうかの如何にかかわらず、わたしはここに重なりを見てとることができる、というよりそうすることが必要な気がする。

西脇は「はしがき」において、「自分の中に種々の人間がひそんでいる」と述べ、「先づ近代人と原始人がゐる」が、更に「もうひとりの人間がひそむ」のだと言う（79）。

……これは生命の神秘、宇宙永劫の神秘に属するものか、通常の理知や情念では解決の出来ない割り切れない人間がゐる。
　これを自分は「幻影の人」と呼びまた永劫の旅人とも考へる。

そして西脇は「路ばたに結ぶ草の実に無限な思ひ出の如きものを感じさせるものは、自分の中にひそむこの「幻影の人」のしわざと思はれる」と書いている（80）。『旅人かへらず』は一六八の短詩からなるすばらしい詩集だが、その冒頭、「一」の開始部を引く。

旅人は待てよ
このかすかな泉に
舌を濡らす前に
考へよ人生の旅人
汝もまた岩間からしみ出た
水霊にすぎない
この考へる水も永劫には流れない
永劫の或時にひからびる
ああかけすが鳴いてやかましい
時々この水の中から
花をかざした幻影の人が出る　（81）

「花をかざした幻影の人」は女性的なイメージを呼び起こすが、西脇は自分の中に男だけでなく女の人間がいると言い、「この詩集はさうした「幻影の人」、さうした女の立場から集めた生命の記録である。」と書いていた（80）。ここでは「幻影の人」は、女でも男でもよいというより、マスキュリンな強いロジックを避けてマイナーになろうとする人間すべてからいっとき浮かび上がる者だ。宇宙的なものに触れるのは、たまゆらの小さく儚い入口を通じてである。エマソンの「水溜り」がその一形態にほかならない。「水霊」——エマソンにとって「霊（spirit）」は最重要な概念だった。若き日の鈴木大拙をアメリカに惹きつけたエマソンだったが、「霊性」はエマソンからもやって来ただろう。そしていま、吉増−エマソンからも到来する。

「不思議な人影」は誰の中にも存在する。

誰もが「人生の旅人」であり、その時その場のさすらいびとであり得る。そして誰もが裸の common を横切ることができる。

◉bibliography

ラルフ・ウォルドー・エマソン

『エマソン選集7　たましいの記録』。小泉一郎訳、日本教文社、一九六一年。

『エマソンの日記』。ブリス・ペリー編・富田彬訳、有信堂、一九六〇年。

Ralph Waldo Emerson

Essays and Lectures. Library of Amrica, 1983.

Selected Journals 1820-1842. Library of America, 2010.

吉増剛造

『黄金詩篇』。思潮社、一九七〇年。

『草書で書かれた、川』。思潮社、一九七七年。
『静かな場所』。書肆山田、一九八一年。
『大病院脇に聳えたつ一本の巨樹への手紙』。中央公論社、一九八三年。
『オシリス、石ノ神』。思潮社、一九八四年。
『透谷ノート』。小沢書店、一九八七年。
『静かなアメリカ』。書肆山田、二〇〇九年。
『火ノ刺繡』。響文社、二〇一八年。
吉増悦
『ふっさっ子　剛造』。矢立出版、二〇〇七年。
北村透谷
『北村透谷選集』。勝本清一郎校訂、岩波文庫、一九七〇年。
『エマルソン』。『透谷全集　第三巻』。岩波書店、一九五五年。
「心の死活を論ず」。『透谷全集　第二巻』。岩波書店、一九五〇年。
岩田慶治
『道元との対話』。講談社学術文庫、二〇〇〇年。
西脇順三郎
『西脇順三郎コレクションI』。慶應義塾大学出版会、二〇〇七年。
堀内正規
『エマソン　自己から世界へ』。南雲堂、二〇一七年。

〔付論〕あたらしいエマソン――吉増剛造からエマソンへ

堀内　正規

序

十九世紀に生きたラルフ・ウォルドー・エマソンを二十一世紀にあたらしくすること。たとえば、日本だけでなく世界的に見て現代を代表すると言える詩人、吉増剛造からエマソンを見ること。それは、エマソンが吉増に与えた影響を見ることとは真逆のヴェクトルを持つ行為であるだけでなく、〈詩〉から散文を見ることであり、日本からアメリカを見ることであるというふうに、幾つもの懸崖を跨ぎ越すことであるが、その乱暴な道行、或いは架橋の営みによって見えてくるものがある。その行為をおこなう主体である者は誰でもよいのか、或いは、私でよいのか――この疑問は私に戦慄をかき立てるが、おそらくいまのところ、これをおこなえる地点（崖）に辛うじて立っているのが私であるらしいことは、確からしく思われる（それが誇大妄想でないかどうかは本論を読まれる読者の判断に委ねるしかない）。以下、吉増剛造からエマソンへのヴェクトル、その入射角がいかなるものであるかについて、素描するように論じてみよう。ポイントは大きくは二つ、プラトニズムの問題と充溢せぬ主体の問題ととりあえずそれらを呼ぶことができる。

目とプラトニズム――瞬間の冥契

吉増剛造からエマソンへと向かう入口は、一九六〇年代に遡る。アメリカ・アイオワ大学の国際創作科に初めて招聘される直前の吉増剛造の、公けにされた日記「航海日誌」の記載から、まずは始めねばならない（詩集『頭脳の塔』所収）。

1970. 10. 26. 航海日誌を書きつつ、白鯨を想い、コンコードやニューイングランドを、北村透谷の脳裏にも痕跡を残したエマーソン、ロバート・ロウエルの地にゆきたい！（125）

このあと吉増は透谷の「厭世詩家と女性」から、「恋愛は人世の秘鑰《ひやく》なり」で始まる一節を引いている。一九七〇年に記されているが、むろんこの想いを生んだ時間の堆積は、主として一九六〇年代に醸成されたものである。この引用部には『白鯨』やロバート・ロウエルも言及されているが、ここでは措く。「コンコード」という地名は言うまでもなく「エマーソンの地」であり、次に引かれる文章が透谷であることからしても、引用部を書いたときの吉増の心眼には、まずは〈北村透谷を経由したエマソン〉がまっさきに映じていたと考えてよい。

その短い生涯の最後の時期に北村透谷が『エマルソン』を書いたことは周知の事実だ。だが吉増が『エマルソン』からではなく、透谷の別の散文から引用をしている事実は注目に値する。「エマソンと透谷」という比較文学的研究であれば、ここで私は真っ先に『エマルソン』に赴かねばならないところだが、〈吉増からエマソンへ〉の場合、吉増→透谷→エマソンの経路は必須であるとしても、中間項の透谷は必ずしも『エマルソン』を中心としない。そしてまた、「吉増と透谷」の研究でもない本論は、吉増の書いたエッセイを初期から丁寧に辿り、透谷がどのようにテキストに登場するかを追うことはせず、むしろいつも目の前やや遠くにエマソンを見やりつつ、直接の影響や言及とは別な経路を辿らねばならない。この点で、次に赴くべきは吉増の『透谷ノート』（執筆は一九七五年から七六年）になる。なかんずく第十三章「小息《こやみ》なき声を振り立つるが如く」になる。その冒頭部分――。

いつからか刹那的なもの、瞬間を捕捉しようとする習癖がわたしのなかに棲みついている。重たくたれこめた暗雲を縫って、あるいは空に窓があいて一条の光が射しこんでくる瞬間を待望するような姿勢がわたしの胎内に、そこに影の人間が上空を凝視するようにうずくまっているのを感ずる。これは気質的なもの、あるいは病理的なものではなく、詩的なるものとの出合いのときに瞬間的にわたしの心あるいは魂に刻印されてしまったものなのだ。気質的なもの、あるいは病理的なものではないと断言のようにしていってしまう根拠はどこにあるのか。一瞬の閃光、それを美しいと感ずる驚くような心のうごきを経験していなければ、おそらくわたしには自分の生命のバランスをとることが至難であったのだ。美しい、あるいはその閃光のような「数秒時間」（透谷）の戦慄がなければ、世界の秘密の扉はいつまでも閉ざされていたのだ。たとえそれが儚ない瞬時の夢幻《ゆめまぼろし》であろうと。（132）

「数秒時間」は透谷のエッセイ「心機妙変を論ず」の言葉で、ひとが「心機一転」するさいに必ず通過するべき境として語られている（二・21）。透谷にとってこの「数秒時間」が何であったかは「内部生命論」によって窺い知られるのだが、その前に、吉増にとってのこの「数秒時間」のイメージを、彼の透谷論としてはおそらく最も早いエッセイ「中心志向」（一九六七年）から垣間見ておこう。「透谷その他」という副題の付されたこのエッセイは、その後吉増がさまざまな場で繰り返し語ることになる「少年の頃、化石ハンマーを持って一日中山を歩きまわり、手にした水成岩を一撃して、まっぷたつに割れたその中心に巨大なウニの化石を発見したときの感激」（107）を語っている。「以来ぼくは、あの奇蹟を求めて、すべてを化石のように掌にのせてハンマーで割ろうとしてきたのか。唯一の正義がその行為にあるかのように、そこに輝く中心があるかのように……世界を掌にのせて言葉の剣で斬る、それがぼくの希望の発生点とでもいおうか。（中略）無数の岩石を割らなければならない、全世界が瓦礫の山になろうとも。」（107）そしてこの記憶を語る小さなセクションで吉増は「中心を、たとえば神とか虚無とか愛とかいう言葉にかきかえることも出来る。かきかえることの出来る稀有な瞬間には激しい酸化現象とともに全体は焼尽しつくされるのだ」（109）と書いている。ここには一種の〈プラトニズム〉がある。あるいは正確に言うと「〈プラトニズム〉と現実の生との接触点」がある。一瞬だけ赤くひかるかのように現出したウニは「酸化現象」の結果、色を失う。そのとき「中心」は「瓦礫」と化したあとなのだ。この「瞬間」が「神とか虚無とか愛」に詩人が辛うじて触れたかに思えるときである。「稀有な瞬間」より「激しい酸化現象」を強調せざるを得ないところに、二十世紀後半の時代の力が働いている。（この時代に神や愛のような中心との幸福な合一があると主張するのは、無邪気な夢想にすぎなかったからだ。）このあと吉増は同じエッセイで北村透谷を初めて「音読」した新鮮な経験を語り、「恋愛は人世の秘鑰なり」の言葉をも既に引いている。吉増は「情熱」や「秘鑰」や「純潔」といった透谷の「単語」が「死語と化したよう」だという感覚をも書き記しているが、それこそが透谷の時代と一九六〇年代とのギャップなのだ。このエッセイはこう終わっている。

中心の静、これが革命だ。

中心は我々をその手でとらえてくれることはない。遠く草原に天を摩してそそり立つ鬱蒼たる巨木の如き霊感という言葉の中心。（116）

いかに透谷の言う「数秒時間」に、吉増が自らの詩人としての願いや祈りを懸けていたかが窺い知られる。最後の「霊感という言葉」の出所が透谷であることは、「内部生命論」を読めばわかる。このエッセイがエマソンの処女作『ネイチャー』の影響を受けていると思われるのはたとえば次のような一説からだ。

造化《ネーチユア》は人間を支配す、然れども人間も亦た造化を支配す、人間の中に存する自由の精神は造化に黙従するを肯ぜざるなり。造化の権《ちから》は大なり、然れども人間の自由も亦た大なり。人間豈に造化に帰合するのみを以て満足することを得べけんや。然れども造化も亦た宇宙の精神の一発表なり、神の形の象顕なり、その中に至大至粋の美を籠むることあるは疑ふべからざる事実なり、之に対して人間の心が自からに畏敬の念を発し、自からに精神的の経験を生ずるは、豈不当なることならんや、此場合に於て、吾人と雖、聊か万有的趣味を持たざるにあらず。（二・238-39）

「ネーチユア」というルビが意識的にふられていること、外的自然と内的自然（本性）との照応関係など、エマソンの『ネイチャー』の一種の焼き直しとさえ見なすことができる。エマソンは『ネイチャー』の中で〝Idealism〟（唯心論）と題する章を設け、当時アメリカ東部では最先端だったドイツ観念論の影響から、哲学的には「唯心論」が窮極のものだと主張しつつも、そのあとの章でこの立場をむしろ換骨奪胎し、問題を宙吊りにして終わっている。透谷も「形而上学にてアイデアリスト（唯心論者）といふものは、文芸上にてアイデアリスト（理想家）といふところの者とは全く別物なり。」（二・247）と言ったあと、次のように書いている。

文芸上にて理想派と謂ふところのものは、人間の内部の生命を観察するの途に於て、極致を事実《リアリチー》の上に具体の形となすものなり。絶対的にアイデアなるものを研究するは形而上学の唯心論なれども、そのアイデアを事実《リアリチー》の上に加ふるものは文芸上の理想派なり。ゆえに文芸上にては殆どアイデアと称すべきものはあらざるなり、其の之あるは、理想家が暫らく人生と人生の事実的顕象を離れて、何物にか冥契する時に於てあるなり、然れども其は瞬間の冥契なり、若しこの瞬間にして連続したる瞬間ならしめば、詩人は既に詩人たらざるなり、必らず組織的学問を以て研究する哲学者になるなり。詩人豈に斯の如き者ならんや。（二・247-48）

透谷にとってエマソンは詩人ではあったが、『エマルソン』において「余がエマルソンに対する尊敬は、彼の論文にありて、彼の詩にあらざる」とも、その詩が「余りに抽象的にして、具象的事実の上に、何等の感銘を与ふること能はざるが如き」とも書いている（三・87）。またエマソンが「哲学者」であることにも異を唱え、「エマルソンは哲学家にあらず、然れども哲理の据付手《プロパウンダー》なり。彼は建築学者の大なるものにあらず、然れども彼は統領の尤も大なる者なり」（三・117）と言い、「余は雑尨《ミセラニー》の犠牲なり」というエマソンの言葉を引いて、「然り、雑尨は彼の天職たりしなり」（三・101）と書いている。右の「内部生命論」の引用部に続けて透谷は、「瞬間の冥契とは何ぞ、インスピレーシヨン是なり、この瞬間の冥契ある者をインスパイアドされたる詩人とは云ふなり」と言い、「畢竟するにインスピレーシヨンとは宇宙の精神即ち神なるものよりして、人間の精神即ち内部の生命なるものに対する一種の感応に過ぎざるなり。吾人の之を感ずるは、電気の感応を感ずるが如きなり、斯の感応あらずして、曷《いづく》んぞ純聖なる理想家あらんや」（二・248）と書く。この「感応」によって「瞬時の間、人間の眼光はセンシユアル・ウオルドを離るゝなり。（中略）生命の眼を以て、超自然のものを観るなり」（二・249）と透谷は言う。

この瞬間の「眼」の在りよう、透谷が「瞬間の冥契」と言う体験は、エマソンが『ネイチャー』において、「透明な眼球」になると表現した有名な一節をほとんどすぐに想起させずにおかない。

森の中で、われわれは理想と信仰にもどる。そこではわたしは感じる、人生において、自然がつぐなえないようなものは何も、どんな恥辱も、どんな災厄も、（もしわたしに眼だけでも残されていれば）身にふりかかることはないと。剥き出しの地面に立って——頭を快い大気に浸して無限の空間にもたげていると——あらゆるけちくさいエゴイズムは消える。わたしは一つの透明な眼球になる。わたしは無。そしてすべてを見る。普遍的な存在の流れがわたしの中をへめぐっていく。わたしは神の一部になる。（10）

しばしば神秘主義として位置づけられる有名なこの一節について、私はかつて次のように書いたことがある。「この一節に窺えるのは、よく知られたクリストファー・P・クランチの（目玉だけの頭部が歩いている）カリカチュアとはまったく正反対に、身体全体がミスティックな体験によって境界をなくし、自−他の区別がなくなるような、自我に固執することが無意味だと思えるような〈内的体験〉（主体の内側からしか記述できない体験）である。身体に気流がゆきわたるようなすーっとする感覚によって、世界の広がりを身体の深みで感ずるときに、自我の棘にこだわることのばかばかしさを得心する。」（「エマソンの〈自然〉」258-59）エマソンが「眼球」の比喩を選んだ背景にはフリーメイソンのエンブレムの存在があったという説もあるが（志村）、いずれにせよそれが生物的な器官ではなく、プラトニズムからもたらされたことは確かだ。エマソンはこれを「照応（correspondence）」の体験と見なしていたが、あくまでも瞬間的な性格を持ったものとして提示している。「感応」によって「瞬時の間、人間の眼光はセンシュアル・ウオルドを離れるなり。（中略）生命の眼を以て、超自然のものを観る」という透谷の表現は、そのモデルがこの一節であったかどうかは別にして、エマソンのこの箇所と驚くほどの一致を見せているとは言える。エマソンが記述する体験もまた「組織的学問」にはどうしてもなり得ない「瞬間の冥契」であったし、吉増の言う「中心の静」でもあったと言うことができる。このとき私にとって逸することができないポイントは、右の自己引用の文に示したように、エマソン的なこの「瞬間の冥契」ないしは「数秒時間」は、身体の感覚と不可分につながっているということだ。

透谷が「この瞬間の冥契ある者をインスパイアドされたる詩人とは云うなり」と言うように、そして吉増にとって「数秒時間」が「気質的なもの、あるいは病理的なものではなく、詩的なるものとの出合い」に関わっていると言われていたように、エマソンにとっても問題は詩ないしは詩人であった。それゆえに『ネイチャー』は「わがオルフェウス的詩人（my Orphic poet）」の言葉の引用（実はエマソン自身のペルソナの言葉）で終わる。その少し前、エマソンは「世界に原初の永遠の美をとりもどすという問題は魂のあがないによって解かれる。われわれが自然を見るときに目にする廃墟あるいは空白は、われわれ自身の眼の中に在る。視覚の軸が事物の軸と一致していないのだ。そのためにものごとは透明ではなく、くすんでいる。」（43）と述べ、あらためて通常の視覚とは違う、日本語で言えば「見る」ではなく「観る」と記されるような別種の視が求められている。「わが詩人」の最後の（つまり『ネイチャー』の最後の）言葉は「ひとは〔王国に〕、盲目の者が徐々に完璧な視へと回復されてゆくとき感じるような驚異とともに、入ってゆく。」（45）であり、これがプラトンの洞窟の比喩へと読者を促すものであることは明白だ。

プラトンと眼の問題を、若き吉増もエッセイで論じたことがあった。一九六六年十二月に書かれた「見ることを拒否する」がそれである。冒頭「まことに精神の視力が鋭利に見はじめるのは、肉眼の視力がその鋭さを失おうとするときである。」（283-284）という『饗宴』の、ソクラテスがアルキビアデスに語りかける言葉を引いて、「プラトンにおいては実にやすやすと語り出されている」「見るという行為」が「一九六六年十二月のいま」「ぼくにとっては非常に困難だとおもわれる」、「ぼくにはどうも嘘のように聞えてならない」（285）と吉増は言う。そして「ぼくはこの根源的な難問の、もっとも尖鋭なない手としての詩および詩人を考えている」（286）と書くのだ。そこから吉増は、「見ないということ」（286）について思考を延ばしていく。ソフォクレスのオイディプス王の例を出しつつ、「〈肉眼の視力がその鋭さを失う〉という文章を、肉眼の視力を破壊する、という意味を含むと解して」（287）プラトンとソフォクレスをつないでいく。後年の吉増の〈盲目〉へのこだわりが発露し始めた箇所として、このエッセイを読み直すことができる。「見ること」から「見ないこと」への向き直りは、どちらも「肉眼の視力」にいかに抵抗するかという点で同じなのだが、たとえばエマソン的な世界に対する順接の肯定的姿勢と若き吉増のそれとは、方向が逆になっているとも言えて、それゆえ吉増は「詩における、否定、破壊の内的な経緯」（289）を語り、「見るという本質的な性質」を「何者かが逆用し、見ることを遂に、開ききった瞳孔——輝き反射する単なる物質の表面にまで酸化させてしまったのだ」（289）と書く。ここでも「酸化」の語があることに注意しよう。「錆びは見るに耐える」という若林奮の言葉が決定的な意味を帯びるのは二〇〇五年の長篇詩『ごろごろ』においてになるが、強烈な、ある意味でプラトン以上に熾烈なプラトニズムが最初否定的に見ていた「酸化（現象）」が、やがてプラトニズム〈の後〉、ポスト・プラトニズムの廃墟や瓦礫に生の時間を見るような態度へと変わっていくことになるだろう。「見ることを拒否する」はこう終わる。

だれでもよい。たった一人は見なくてはならない。その目撃のために盲《めしい》ること……。
プラトンの洞窟のように……、できなければせめて双手で肉眼をふさいで、白昼の街角へ歩いてゆこう。（291）

ここに吉増のプラトニズムの問題が集約的に顕れている。ここから六七年の「疾走詩篇」冒頭の一行「ぼくの眼は千の黒点に裂けてしまえ」（96）までは一直線だ。そして、究極の〈明視〉を求めるか、〈盲目〉を求めるかによって、行き着く先は実は同じではない。後者は見るよりもむしろ触ること、触覚による世界の探求の形をとり、そこではプラトニズムは、イデアではない別な未聞の何かに、ジャン＝リュック・ナンシーならば「コルプス」と名づけるようなものに行き着いていくことになるのだ。

それゆえにもしも吉増からエマソンの方へと、アナクロニズムによって逆に辿るならば、安易な主客一致の充溢のイメージを求めてはなるまい。たとえエマソンが観ることと世界との瞬間的な幸福な合一を言挙げしているとしても、むしろ明視による透明性を肯定することはそれこそ時代錯誤の技なのだ。この点でやはり十九世紀半ばのアメリカにおけるエマソンは、アイデアリスト過ぎることになる。エマソンには有名なエッセイ「詩人」（"The Poet"）があり、ここでは詩人が「不透明（opaque）」な状態を乗り越えて「透明（transparent）」なものに到達することが目指されている（8）。「〈宇宙〉は魂の外化である」（9）とか、「思想はついに〈ロゴス〉あるいは〈言《ことば》〉として発せられるようになる」(23)といったプラトニズム的な認識を宣言するような部分に関して、われわれは「お目出度い」と感ぜざるを得ないだろう。この点ではむしろ、われわれは透谷の評した「雑駁の人」としてのエマソンをこそ、称揚しなければならない。彼の日記もエッセイも、miscellaneousな性質こそ重要なのだ。

先に『ネイチャー』の「透明な眼球」の一節について、私は身体の次元の問題を指摘しておいた。エッセイ「詩人」においても、注目すべき箇所はそことつながってくる。エマソンは言う。

道に迷った旅人が、手綱を馬の首に投げかけて、行くべき道をこの生き物の本能に任せる、それと同じようにして、われわれはこの世界を切り抜けるように自分を運んでくれる神聖な生き物を信ずる。なぜならなんらかのやり方でこの本能を刺激できれば、自然へと通ずるあらたな通路が開かれるからだ、精神はもっとも固く高い事物の中へとまたそれを通って流れてゆく、そしてメタモルフォシスが可能になる。(16)

ここには、エマソン的な「見ないこと」の問題が存在する。内なる「本能」を内なる馬として、肉眼による意識的な視力を閉ざすことが、エマソンがここで言っているポイントである。そして「本能」の語が示すように、ここで語られているのはあきらかに身体の次元の運動である。少しあとで「崇高なヴィジョンがピュアでシンプルな魂にやって来るのはきれいで穢れない肉体においてである」(17)とエマソンが言うときにも、問題になっているのが身体であることはあきらかだ。それはあの「透明な眼球」の一節に語られていた身体のことである。身体は生成として生きて動いており、流れとしてある。透谷が「冥契」は瞬間しか持続できないことを言うのもそれが身体感覚であるからだ。神道であれ禅であれ修道会であれネイティヴアメリカンであれ、清い身体のコンディションをつくっていくことは必須の階梯であろうが、この問題ならば、いまだに重要性は減じていない。そして井筒俊彦によるなら、そもそも「プラトン的イデアリズムは厳然たる体験の事実であって、けっしてたんに一つの思想的立場ではなかった」(235)。「イデアの現実的直観を完全に遊離したイデアリズムは、要するに一種の夢想主義であって、もはや理想主義ですらあり得ない」(239)。プラトンの「霊魂の目」について注釈を付けた井筒は、「ここで知性というのは、近世哲学的意味に於ける合理的知性のことではない。プラトン的知性は、その極限に於いて、いわば神の意識に通じる絶対超越的認識能力であり、近世思想の用語例に従えば、理性あるいは知性というよりむしろ宗教的感覚に近いものなのである」(246-247)と述べている。さらに引くならば、「換言すれば、イデア論は必ずイデア体験によって先立たれねばならない」(269)。若き日の井筒俊彦の議論は現代においてなお意義を失わないように思われる。エマソンは井筒の言う体験の次元の「宗教的感覚」を、宗教の教え(ドグマ)より重視した(堀内、「Emersonと身体」参照)。それが〈ロゴス〉を捕捉し定着させることはあり得ない。あり得ないことは世界の条件でさえあるだろう。だがそれゆえプラトニズムは存在しないのでも不要になったのでもない。〈ロゴス〉へ向かう瞬間の運動の中に、と言うよりその運動の軌跡のあとに、「酸化現象」の産物としての作品が生まれる。「無数の岩石を割らなければならない、全世界が瓦礫の山になろうとも」と言う吉増の言葉に倣って言えば、作品は常に「瓦礫」である。「瓦礫」から詩人の運動そのものへと参入することが、おそらく〈読む〉という行為であろう。作品は〈真〉ではなく〈真〉に触れようとした成れの果てであり、ジャン=リュック・ナンシーの言葉で言えば「コルプス」なのだ。運動する最中の詩人は盲目であり、逢着く先がどこかは不明のままだ。

エマソンは詩を書いたが、何より重要なテキスト群は彼の場合エッセイであり、それは膨大なエマソンの日記の断片から抜き書きされて編み直されて作られた。一篇のエッセイに論理的な集約性、パラフレーズ可能な中心はなく、むしろそれはエマソンの思考の痕跡が散種されたものであった。それもまた、吉増の詩作品がそうであるように、「コルプス」なのだ。逆説的に聞こえるかもしれないが、肉眼（生物学的身体）の限界を越えようとするがゆえに、身体の縁まですすみ、その臨界の領域でテキストというもう一つの身体を生み出す。その結果そうしなければ生まれなかったものが生まれる。吉増の表現行為はすべてそのように生み落とされた鬼子とも言えるだろうが、エマソンのテキストも、日記との往還を通じて、随所に亀裂の入った継ぎはぎ細工の断片としての身体を持っている。中心を求めつつもそれゆえにこそ安易な中心化を許さないもの。中心に収斂することなくむしろ拡散するもの。境界なく茫漠とするもの。たとえばエミリー・ディキンスンの詩のファシクルのようなもの。聖なる書としての *The Book* から離れゆくもの。ルーズリーフのようなもの。神はどこにも認められないがすべてが神的なものへ向かう運動の軌跡であるもの。この視点から言えば、「わたしは断片だ。この書き物もわたしのかけらだ」（47）と、最初の息子を五歳で亡くしたあとに苦しみながら書かねばならなかった彼のエッセイ「経験」（"Experience"）の、現代性が浮かび上がってくる。そして継ぎはぎ細工の『ネイチャー』もまた、畸形的に見えてくるだろう。

充溢せぬ自己

吉増剛造からエマソンへのもう一つの入口は二〇一一年の『裸のメモ』になる。東日本大震災の惨禍のあと緊急に書き継がれ出版されたこの詩集の末尾に置かれた書き下ろしの詩「、、、、石を一つづつ、あるいか一つかみづつ」がそれに当たる。タイトルになっている表現はエマソンの日記の邦訳から採られたものであり、それがこの詩の芯に在ることは間違いない。二〇一一年六月、吉増は旧知の詩人フォレスト・ガンダーと彼の妻で詩人のC・D・ライトとともに、雨のウォールデンに赴き、そこで感じたことがエマソンの日記とともに語られている。エマソンがこの言葉を書いたのは、吉増も引用しているように、一八三六年十二月十日の日記においてである。そこでエマソンは前日にコンコードの住まいからウォールデン湖に散歩に出たときの経験を記している。吉増が引いている日本教文社の小泉一郎の訳文ではこうだ。「ウォールデン・ポンドで、私は新しい楽器を発見した。「氷のハープ」とでも言うべきものだろうか。湖の一部は薄氷で蔽われているが、湖の岸近くはとけている。氷の上に石を投げると、鋭い音を立ててころがり、なおもころがってゆきながら、快よい抑揚をつけて同じ響きをくりかえす。初めは、おびえている小鳥がピーピー鳴く声かと思った。この楽器がすっかり気に入った私は、ステッキを傍へ投げ棄て、二十分ばかり、石を一つずつ、あるいは一つかみずつ、この氷の太鼓の上に投げつけてたのしんだ。」(264-265) ここでエマソンが記している経験は、自らの身体を核とした、世界と自己との交わりの感覚である。

私自身、吉増がこの詩を書く前、二〇〇六年初頭にこの一節の引用から始まる論文を書いている。(『英語青年』〔研究社〕二〇〇六年二月号、「Emerson と身体(上)——"Divinity School Address"を読み直す」)。その冒頭近く、「ウォールデン湖に石を投げるエマソン」という見出しの第一セクションにおいて、私は日記の当該箇所を引用しており、論全体の流れとしては、この体験を導きの糸として、そのあとエマソンの身体的な次元における感覚とモラルの法をめぐる「law 感覚」との通底性について論じている。自己引用になってしまうが、一部を引用する。「ウォールデン湖の半分溶けかかった湖面にふと投げた小石の音に驚き、その響きがおそらくは身体の深いところを貫流するような経験を「氷のハープ」と名づけた、その〈名づけ〉の行為自体によっても洩れ出てしまう何かに、注意しなければならない。エマソン自身の言語化できなかったような、彼の身体のうちで生じていた感覚的経験の内実――それはたとえば 'universal mind' とか 'compensation' とか 'correspondence' などをめぐる〈命題化された思想〉によっては捕捉できない、いわば彼の思想の〈裏地〉として在るものなのである」(34-35)。ここで十年以上前の私はエマソンのプラトニズムと目されてきたものを懸命に「そうではなく身体の問題なのだ」と言おうと努めているのだが、今ならむしろここにある問題こそが「プラトニズムゆえの臨界領域の思考なのだ」と積極的に言挙げするだろう。この論文の終盤(「下」にあたる部分)で私はこう書いている。「翻ってあの「氷のハープ」の経験について考えてみると、自らの身体がふと投げた小石が、凍った湖面に当たって音を立てたとき、石と湖面と彼の身体とがその瞬間境界を失くし、外が内に、内が外に還流し合うような、そしてすべてがつながったような心的状態が成立していたのではないだろうか」(31)。これはある種の〈充溢〉の感覚であり、透谷の言う「瞬間の冥契」に通じ合っている。

事実を端的に言えば、吉増は二〇〇六年二月に、私のこの論文の中で、件のエマソンの日記の一節に出遭っていた。私が吉増との交流を持ち始めたのは二〇〇三年夏以降で、二〇〇六年二月当時は、吉増が早稲田の政治経済学部での非常勤講師の任期最後の講義を終えたばかりで(その後の三年間、文学部で私と「静かなアメリカ」をテーマとする共同の授業をすることになる)、その授業に毎週出ていた私は『英語青年』の掲載号も出てすぐに送っており、吉増から大変好意的な感想を記した葉書を受け取っている。吉増が私のこの論文を読んで印象を受けたことは事実だ。又それより前、教室でも私は、二〇〇四年の十二月九日の朝に、実際エマソンと同じ経験ができないかと期待してウォールデンに行って、既にすっかり凍りつき雪で一面覆われた湖に、負け惜しみで小石を投げてみた経験談も話してはいたのだ。もしその記憶が残っていれば、もちろん吉増はこの詩においてエマソンのこの行為を取り上げなかったに違いない。吉増は出遭っていたが、それを忘れていたのである。吉増は決して剽窃したのではない。もしも私の論を覚えていれば、吉増は二〇一一年六月二四日にウォールデン湖に行った日に、「石を投げるエマソン」について書かなかった。それはひとたび吉増の記憶の底に沈殿し、まるで自らが発見したかのように吉増の眼を日記の翻訳部分に留めさせたと言っていいだろう。言い換えれば、私を通して一度吉増の中に入った「石を投げるエマソン」は、私が消えることによってかえって吉増のテクストに蘇った。この点で私は、吉増がエマソンの日記のこの部分を取り上げ、『裸のメモ』の核心になるヴィジョンを形造る契機になり得たことを、誰よりも喜ぶ者だ。

私の論点と吉増の着眼点は異なっている。エマソンにとってまるで子どもが遊ぶかのように「氷のハープ」の音を奏でることは、世界との幸福で順接の結びつきを感じさせる体験であったが、詩集『裸のメモ』において「石」を投げることは、同詩集に収められた他の詩における「白桃」を、玉を、骨を、はしばみを投げることであり、それは鎮魂の行為であった（堀内「罅と鎮魂」参照）。同行したガンダーは「この池は深い、……」と言い（94）、吉増は彼が日本滞在時に書いた詩“After Hagiwara”（「ハギワラに倣って」）の、溺死した子どもの死体が池から引き揚げられたと述べる冒頭の一行を引いている。直前には「〃一つかみづつ〃の小石の下で、……その下には、妖精の家があって、一つかみづつの、天上大風の吹きにそうようにして、それぞれの音楽を奏でている、それが小石の下の死者の家なのだ、……。それぞれの小石の下の、それぞれの死者たちの家のことを、」（94）と記されていて、併せ考えれば、吉増の眼前にあった雨に煙るウォールデンの湖は、死者たちが湖底に沈む〈海〉なのだ。もちろん津波で亡くなった死者たちでもある。エマソンの元々の文脈から引き離された「石を投げる」ことは、鎮魂を象徴する行為として変換されている。吉増も「こんな一種の、……遊び *or* 仕草の作曲に（毛）似た、エマソンの仕草が、ありありと、心に浮かんだ、……北村透谷も、そう、この「内部生命論」につながる、一種の仕草の響き、……」（93）と書き、エマソンの元の文脈を正確に捉えている。だがそれを吉増は、自覚的にあえて震災後の自らの鎮魂の営みと結びつけたのだ。これはむろん大胆な読み換えであったが、海の彼方に行った死者の世界＝黄泉は現世を超越した他界すなわち霊魂の帰属する場である限りにおいて、もう一つのプラトニズムとつながっている。晴天の六月に行けばウォールデンは新緑が目に鮮やかで、湖面は青く輝いてうつくしいが、吉増が撮った映像を見ると、当日のコンコードは雨で、空は白く翳っていて、それは水底に死者の魂があると感じるにふさわしい天候だったのだろう。

〈あかるいエマソン〉からのこのようないわば逆向きのヴィジョンへの転換はしかし、吉増において震災が契機で生じた唐突なものではなかった。むしろ自己の充溢よりも空虚や虚無に向き合うような主体の在り方が、吉増においてきわめて重要だったからである。ここでもう一度、『透谷ノート』に戻ってみよう。その第五章「心は空洞である」がここで立ち止まるべきテキストになる。その冒頭吉増は「心の内壁と名付けられるようなものはどこにあるのか。心の中心はいずこにあるか。生命の核心というようなものがあるのだろうか」（43）と書き記す。

心の内壁、いや心というものすらあるのかどうか。内部を凝視するという言葉があって、それを読むとあるいは内部という言葉を聞くと、はじめてそこに内部が生じてくる。それが真の内部だろうか、それは空洞のことではないのか。言葉にうながされてはじめて内部が、内部生命がかすかに感知されるのなら、はじめ（根源）になかったものの受肉のごとき現象が起ったことになる。光によって闇がみえはじめるように、なにものかの作用によってはじめて存在可能となるもの、内部とはこの空洞のことなのか。

心は空洞である、あるいは心はのっぺらぼうである。……（44）

これを吉増は「穴のようなもの」、「底知れぬ欠如の穴」と言い換え、「わたしの鏡には透谷の「心宮」がなぜか鮮明に浮かんでこない」と書いている（44）。ここにはエマソンのみならず二十四歳で自死した透谷にも隔たりを覚える詩人が窺える。基本的に『透谷ノート』における吉増の透谷観は、第七章のタイトル「暗い川が流れている」が象徴的に示す通り、「暗い」ものであり、ロレンスが「蛇」に「生命の王」を見るような視線とは違い、透谷の「蜥蜴」のイメージには「なんといおうか暗い心性がここにはある」と吉増は言う（65）。『近代の奈落』の桶谷秀昭の言葉「あわれな暗い魚の眼の屈折」を吉増も確認している（66）。それゆえに、先に引用した「数秒時間」をめぐる引用文の直後に、吉増は「この「数秒時間」の戦慄はその裏に、余白の時間に尨大な厚みの破壊衝動と宇宙的な虚無を蔵している。「数秒時間」の閃光が眼前をよこぎらなければ、こうした魂あるいは心宮は永遠の暗黒のなかをはてしなく迷うのみだっただろう」（132）と記すことになる。吉増は言う。

……非常に臆病で病んだ、しかし身の軽い、逃げ足の早い魂のようなものの存在。臆病なものだ、内界と外界の接触点にその柔かい触手をもつ魂。たった一すじの通行路を走りこんでくるような「数秒時間」の閃光があり、そのいくすじかは言葉となる。（133）

この「臆病」な魂は、はたしてエマソンと無縁であっただろうか。ここにエマソンをめぐるもう一つの視座が介入してくる。詩「、、、石を一つづつ、あるいは一つかみづつ」では、もう一つの私の論文が直接言及されている。吉増が自覚的に詩の中に取り込んでいるそのエマソン論は、「石を一つづつ、あるいは一つかみづつ」のヴィジョンにより直接的に関わっている。当時私から郵送されて間もなかったその論文「「君の友を君自身から守れ」――エッセイ「友情」と震える主体――」の抜刷を、吉増はウォールデン湖を訪ねる直前(前日だろうか)にホテルで読んだ。そこで私はエマソンの自己の在りようを「とても弱い自己であり、動揺する主観性だと言ってもいい」(5) と言い、エマソンのエッセイ「友情」から、「来訪者/見知らぬ者」への震えの感覚を取り出し、「自他の非対称性を自己の側からではなく、他者の側から見る」(9) 態度を肯定的に論じている。生前周囲の者から冷たいと批難されることのあったエマソンは、結核で喪った最初の妻エレンや弟チャールズといった死者に常に引け目や恥の感覚を抱いていた。そして自らが覚える「恥」を、自己を形成するためにプラスに用いるべきものと見なしていたのだ。その点で私の論じるエマソンは、巷間言われているような楽観的なひとではなく、いわばさびしいエマソンである。エッセイ「友情」における言葉、「彼〔友人〕を自分の片われとして守れ。彼があなたにとって永久に一種の美しい敵 (beautiful enemy) であるようにせよ。手なずけられず、心底から尊敬される者。すぐに追い抜かされ見捨てられるようなありふれた存在などではなく」と、日記における「彼をそのままにしておけ。彼を君自身から守れ。(Leave him alone. Defend him from yourself.)」を私は引用しており (16)、吉増は　後者の英語原文を引用している (94)。吉増は私の論文を起点として「〝彼を独りにせよ〟あるいは〝彼を彼女を一人づつにせよ〟」の声の響きを引き出し、それが「こうして、ウォルデン池 (ポンド) の深い響きとなって来ていた、……。」(94) と書いている。もう一つ、同種のエマソン像という点で、二〇〇七年春に出した私の論文についても言及しておきたい。なぜならこれも、当時吉増が強く肯定的に評価してくれていたからだ。「死者の痕跡――Emerson の説教における Ellen の存在――」という、十九歳で亡くなった最初の妻の痕跡を扱ったその論文の、末尾の部分のみを引用する。

「自己信頼」などに通じるエマソン的なselfは、その成り立ちの初源に、エレンという他者の存在を隠し持っている。その意味でそれは、ホイットマンの'Myself'とは位相を異にするものだ。エマソンの〈自己〉は他者の死という一撃によって、その傷によって成立したのである。エマソンはエレンによって楔を打たれた。彼の言葉は、それをとことん信じて、身をもってその真実性を体現して死んでいった彼女の存在に対する、内的な応答の言葉となった。応答の言葉として発したものが、他者によって動揺させられない〈自己〉、傷を持たない無垢な〈自己〉を説くあかるい言葉になる。そこにエマソンの冥くひそんだ倫理性がある。(17-18)

私の描くエマソンは、愛する死者(他者)への応答責任を出発点とし、いつも真の友がいない、あるいは自分が真の友に値しないと感じながら、自然とのコレスポンデンスによる、経験的な衣装の洗い落とし＝自己の更新を提唱していた人である。透谷の「内部生命論」に影響を与え得た、身体感覚の次元のミスティカルな自我の脱落(エクスタシー)の主張は、他方で現実の他者に対する震えによって裏付けられている。「内部生命」に徹するときひとは「裸」だが、友人＝他者＝読者に対して言葉を使って表現するとき、エマソンは「裸」になることの至難の在りようを自覚して、それと闘っていたと私は見ているのだ。この精神の在りようを、「非常に臆病で病んだ、しかし身の軽い、逃げ足の早い魂のようなものの存在。臆病なものだ、内界と外界の接触点にその柔かい触手をもつ魂」と形容しても、かまわない。

ここにもう一つ、吉増が『透谷ノート』を書き終えて数か月後に発表したエッセイ「詩の発生する場所を求めて」に言及しておこう。「わたしは子供の頃から自分の感受性が豊かであると思ったことは皆無だった。(中略)それが(わたしにとっての)「詩の発生」とつながっているとおもわれる。いま考えてみると「豊かな感受性」という言葉は手のとどかぬ別世界の輝かしい言葉であったことが判る」(386)とそこで吉増は書いている。「周囲のものとの豊かな交感を欠いたところからわたしは詩への一歩を踏みだしていた」(387)と言い、更にそれを言い直して、「この一行に周囲のものとの豊かな交感にむかおうとする希みを表現しようとしている。(中略)交感と空白の狭間に宙吊りになっている。宙吊りの状態の振子が揺れうごくように、存在(肉体)が周囲の崖に打ちつけられている」(387)と書く。

エマソンが「透明な眼球」の一節で語った経験は「交感」のそれである。だが彼はそれが容易に得られるようなものではないことを痛感していた。この一節の元になった日記の記述は一八三五年三月十九日のものだが、そこでエマソンは「おおこの気分(それは生涯で二度とは訪れないかもしれない)をお前の掌中の珠(the apple of your eye)とせよ」(18-19)と書き記していた。一生で一度しか訪れないかもしれないというエマソンの日常感覚こそが、親しい死者への引け目や恥の感覚に裏打ちされた〈充溢せぬ主体〉のものである。"the apple of your eye"は欽定訳聖書「申命記」の三二章一〇節から来るが、そこは神がヤコブを大事にしたことをモーゼが歌として語る箇所であり、文字通り〈眼〉として大切にしたと言われている(197)。(ひょっとしたらエマソンが最初の日記にはなかった「透明な眼球」の比喩を用いたのはこの聖書のイメージから来るものかもしれない。)私がここで言いたいのは、エマソンを「豊かな交感」から見る従来の楽観的なエマソン像を離れて、「空洞」や「のっぺらぼう」な、「屈折」を持った主体として見て、それにもかかわらず、あるいはむしろそれゆえにこそエマソンは(吉増同様に)「交感にむかおうとする希みを表現しようとしていた」かもしれないということだ。実際に、「透明な眼球」の一節もまた、「見る」と言いながら明視に達していると言えるだろうか？　むしろ見えない流れに貫流されることは、世界に触ること、あるいは触れることである。これもまた「見ない」ことすなわち「盲目状態」による接触の例だと受けとられる。とすれば、そこから「見える」「すべて」とは、エマソン自身が考えたがっていた〈真＝善＝美〉の一体化したイデアではなかっただろう。むしろ彼の主体から感じられた世界の身、或いはドゥルーズ＝ガタリの言う「器官なき身体」であったのではないか……。

エマソンの自己は外界（自然）に開かれたものとしてある一方で、同時に外界からは閉じられた（透谷の「各人心宮内の秘宮」の言葉を借りれば）「秘宮」を持った存在としてある。それはエマソンの〈プラトニズムの裏面〉である。裏面は表の面なしには存在し得ない。あかるさを求める者だけがくらくなることができるからだ。だが裏面は表面《おもてめん》にもなる。それは立ち位置次第だろう。

吉増剛造からエマソンへ——その探索は端緒についたばかりだ。

※本論後半の『裸のメモ』と私の研究との関わりを論じた部分は、思潮社から刊行予定の『吉増剛造と〈アメリカ〉』における書下ろしの論文の一部と重複している。

◉引用文献

※北村透谷のテキストはすべて『透谷全集』全三巻（勝本清一郎編・岩波書店、一九五〇、一九五五）から引用し括弧内に巻数とページ数を記した。

Emerson, Ralph Waldo. *Nature. The Collected Works of Ralph Waldo Emerson Vol.I: Nature, Addresses, and Lectures*. Eds. Alfred R. Ferguson et al. Cambridge, Massachusetts: The Belknap Press of Harvard University Press, 1971. 1-45.

——. "The Poet." *The Collected Works of Ralph Waldo Emerson Vol. III: Essays : Second Series*. Eds. Joseph Slater et al. Cambridge, Massachusetts: The Belknap Press of Harvard University Press, 1983. 1-24.

——. "Experience." *The Collected Works of Ralph Waldo Emerson Vol.III: Essays : Second Series*. Eds. Joseph Slater et al. Cambridge, Massachusetts: The Belknap Press of Harvard University Press, 1983. 27-49.

——. *The Journals and Miscellaneous Notebooks of Ralph Waldo Emerson Vol.V: 1835-1838*. Ed. Merton M. Sealts, Jr. Cambridge, Massachusetts: The Belknap Press of Harvard University Press, 1965.

Deuteronomy. Holy Bible: Au*thorized King James Version*. London: Oxford University Press, 1997.

吉増剛造「疾走詩篇」『黄金詩篇』（思潮社、一九七〇）96-110.

——.『頭脳の塔』（青地社、一九七一）

——.『透谷ノート』（小沢コレクション　一九）（小沢書店、一九八七）

——.「中心志向——透谷その他」、『朝の手紙』（小沢書店、一九七四）105-16.

——.「見ることを拒否する」、『わたしは燃えたつ蜃気楼』（小沢書店、一九七六）283-91.

——.「詩の発生する場所をもとめて——螺旋階段と霊の部屋」、『螺旋形を想像せよ』（小沢書店、一九八一）385-401.

――・『裸のメモ』（書肆山田、二〇一一）
エマソン、ラルフ・ウォルドー『エマソン選集・7　たましいの記録』小泉一郎訳（日本教文社、一九六一）
ナンシー、ジャン＝リュック『共同‐体《コルプス》』大西雅一郎訳（松籟社、一九九六）
井筒俊彦『神秘哲学』、『井筒俊彦著作集 1』（中央公論社、一九九一）
志村正雄『神秘主義とアメリカ――自然・虚心・共感』（研究社出版、一九九八）
堀内正規「Emerson と身体（上）――"Divinity School Address"を読み直す」、『英語青年』二〇〇六年二月号（研究社）33-36.
――・「Emerson と身体（下）――"Divinity School Address"を読み直す」、『英語青年』二〇〇六年三月号（研究社）29-32.
――・「死者の痕跡――Emerson の説教における Ellen の存在――」、『早稲田大学大学院文学研究科』第五二輯　第二分冊（早稲田大学大学院文学研究科、二〇〇七）5-18.
――・「「君の友を君自身から守れ」――エッセイ「友情」と震える主体――」、『早稲田大学大学院文学研究科紀要』第五六輯　第二分冊（早稲田大学大学院文学研究科）二〇一一、5-18.
――・「エマソンの〈自然〉――岩田慶治の〈アニミズム〉の視点から」、『ソローとアメリカ精神――米文学の源流を求めて』、日本ソロー学会編（金星堂、二〇一二）256-68.
――・「鏬と鎮魂――『裸のメモ』を読むために」、『現代詩手帖』二〇一六年七月号（思潮社）100-104.

エピタフ

フォレスト・ガンダー
（堀内正規　訳）

エピタフ

あなたはわたしを存在した
そう書くことは、ただの
聾の訳し間違えではない。

わたしが見たとき
この言葉のあとには
続くものがなかったのだから
――あなたが誰かは
けっしてふたたび
明かされることがないのだから――
あなたはわたしを見る
わたしが誰かはけっして
ふたたび明かされることがないのだから。

いまわたしが立っている場所
永世の者たちの玉座の並ぶ
その前で、元のテクストは
隠れたままに留まらねばならぬ。それはどこにあるか、
あの発話そのものの中にでないとすれば？

あの夢だけで
あなたには充分だった、
危険を冒そうと
決意するために。恐らく
あなたは見つけたのだ、
復元する力のある意匠を。

あり得る可能性の
擬似的な養分——誰が

それによって生きたというのか？

跛で盲目として
生まれ、種々の義務に
とり囲まれ、自らの
内部に蠢く動物の
凝視に気づき、
わたしは隠れる
ごちゃ混ぜの諸々の
道具手段の背後に、
クロコダイルの四角い
大鱗の下に隠れるように――

その間もシアン化物質が漂って
雲の中から川へと
流れていく。この世界の

粗野な物質——
これの中にさえも
見出されねばならない、
わたしたちを映し出す
形態の図形が。それぞれの
行為は共同の
みぶりだ、
共通《コモン》な存在の。

あなたはあなたの
生の充満を担って
死に至ったけれども、あなたが
物事を創始するために与えられた廉潔は
生き続ける、あなたのあとまで。

Born halt and
blind, hooped-in by
obligations, aware
of the stare of
the animal inside
me, I hide
behind mixed
instrumentalities
as behind a square
of crocodile scute—

While cyanide drifts
from clouds to
the river. The world's
brute matter:
in this too
must be seen
a figuration
of ourselves, each
act the collective
gesture of a
common existence.

Though you wore the
fullness of your life into
death, the probity
you were given to originate
outlives you.

Epitaph

To write, *You existed me*
would not be merely
a deaf translation.

For there is no sequel
to the passage when
I saw— *as you would*
never again be
revealed—you see me
as I would never
again be revealed.

Where I stand now
before the thrones of
glory, the script
must remain hidden. Where,
but in the utterance itself?

The dream was
enough for you
to resolve to take
the risk. Maybe
you found
some resilient design.

The semi-sustenance
of the possible: who
ever lived on that?

「エピタフ」にいたる道程

堀内　正規

裸の common を横切って。

薄い氷の上を、バランスをとって歩いていく。滑っていくのに似て、歩いて渡る。そのように、エマソンがそっと躊躇いながら差し出す〈経験〉の踏破のしかた。始まりも終わりもない、中間の動き方。薄い氷はけっして割れないし、穴があかない。だがそれで安全・安心なわけではない。

なぜならひとは愛する者と死別するからだ。それに、いつなんどき自分でしかけた心の結ぼれに嵌り、牢獄のような自我の固着に雁字搦めになるかもしれないからだ。慟哭にも搦めとられず、他人の視線に自分を照らそうと躍起になって塊になることもなく、歩かなければならない。

わたしはあなたではなく、彼女はわたしではないことは諒解している。けれどもわたしは宇宙の空ろな拡がりを往く恒星・ビー玉ではないことも、また認められる。individual は外の世界に対して・他者に対して、〈開かれ〉を持っているからだ。時として、というより、気づけばいつしか、死んだ者や離れた友は、〈経験〉の氷の上で、わたしでもあってよい、離れながら反転してつながるように、自存しながら他存させられるように……と悟ってしまう時がある。

裸のcommonを横切って。氷の面はいまは誰もいない〈共有‐地《コモン》〉なのだ。そこをcrossすること、おそらく誰でもが。その〈人影〉がわたしでもあなたでもあると視るところに、エマソンへと重ね合わせる（わたしたちの）視角の層が成り立つ。

individualの〈わたし〉は強くはない。だが喪失や傷が永遠と思えるまで果てしなく自我を変えてしまうだろうか？ そういうかなしい場合もあるかもしれない。けれども、エマソンによるならば、傷つきながらも生きている限り人間が前へ先へと動いていく者であることを、それによってresilientであることを、（不承不承に）生の事実と見なそうとする。それがエマソンの倫理なのだ。

エマソンはもちろん〈生きろ〉と言う。ただし生きるわたしとは、他者を押しのけ、競争に勝って生きるselfではまったくなく、他者とわたしとのcommonなネイチャーに寄り恃みながら、lifeには勝ち負けなどないことを単純な事実だと承知しながら、弱りながらsurviveする自己だ。問題はたぶん、〈生〉への臨み方、身の持し方にあるのだ。

▼

二〇一六年一月十二日、詩人フォレスト・ガンダーは、突然、最愛の妻C・D・ライトを喪った。南米チリから飛行機で帰ってロードアイランド州プロヴィデンスの自宅で眠っている最中、血栓症、いわゆるエコノミークラス症候群による、まったく不慮の死だった。その逝去のしかたから夫が受けねばならなかった衝撃を、長くパートナーと連れ添ってきた者ならば、誰でもが身の内で想像してみることができるだろう。
日本ではあまり知られていないかもしれないが、C・D・ライトはアメリカで最も尊敬されていた詩人のひとりであり、詩作・創作においてまさにピークにあったとも言えた。二人はともに永くプロヴィデンスのブラウン大学で教鞭を執っていたが、ガンダーは、詩人としては自分より遙かに彼女の方が偉大な存在だと思っていた。ここではライトの詩の世界に深くは立ち入れないが、一つ「個人広告（Personals）」と題された詩を私訳してみよう。

わたしはドレスを着たまま寝ることがある。歯は
小さくて揃っている。頭痛にはならない。
一九七一年かそれより前から、わたしはベンチを探している
ピメントチーズを静かに食べることができるベンチを。
もしここがテネシーかあの河を越えてアーカンソーだったら、
わたしは今夜ウェスト・メンフィスであなたと会える。そうすれば
たのしい時間が過ごせるわ。危険は、やわらかい肩。

嘘はつかないで、寄り掛からないで。わたしはまだ仕事を探しているの
単純な機械ではうまくいかないような仕事を。
わたしは人がお金で死ぬのを見てきた。ベンボウ提督を見て。わたしは
魚のようになりたい、わたしたち軽い器官を身に着けて。
それでほとんど知られてない事実を思い出した。
わたしたちが光の速度で進むと、このドームは
縮んでいって、わたしたちの体重は重くなっていく。
あの道は曲がりくねって急勾配じゃない？
この湿度のせいでわたしは夜に修繕をする。わたしは
月にモンローの顔を見るような何百万人のうちの
一人じゃない。あの顔を見るとわたしはぽかんとする。
もし余裕があればわたしはホテル住まいがしたい。わたしは
綴り字法とオーストラリアクロールで賞を取ったことがある。ずっとずっと昔。
祖母が結婚した男の名前はイヴァンだった。男たちは彼をイーヴと
呼んだ。まだ知らぬあなた、ここだけの話、わたしは七倍の速さでそっちに行くわ。

ガンダーにとって、ライトは絶対に誰とも交換できない、ただひとりのひとだった。誰にとっても永年、人生と生活を共にしてきた者は、かけがえのない特別な存在である。そのひとを突然に喪うことのショックを「想像してみること」は確かに可能だ。けれども想像は所詮、想像でしかない。実際に

その経験をした者・当事者でなければ、その傷のいたみや深さはわからない。ガンダーが感じていた激痛や絶望は、わたしには到底描き出すことができず、またそうすることも許されない。
もうひとつ、「レイク・エコー、たいせつな（Lake Echo, Dear）」と題された詩を引いてみよう。

光のプールの中のあの女性《ひと》は
ほんとうに本を読んでいるの　それとも見つめているの
文字が書かれたものを

やさしい雨の中を歩いているあの男《ひと》は
裸なの　それとも雨のせいで
シャツが透き通っているの

鉄の寝台の上のあの男の子は
眠っているの　それともまだ
体の下のスプリングをいじっているの

あなたはほんとうに信じるの
三つの生命だけで完全になれると

敷居の上の緑の液体の
ボトルはほんとうに在るの

ペンキの剝がれた敷居の上の
ボトルは緑のもので満たされているの

それとも液体は錯覚なの
一杯に入ったという

どんなふうに夏の子どもたちは変わっていくの
魚へと　そして雨が男たちをやさしくするの

どんなふうに夏の夜の要素が
互いに隣りあって寝るように言うの
鉋のかけていない床の上に

そしてこれは痛いくらいうつくしい
それがこの世界をただの一滴でも
変えても変えなくても

この詩の「あなた」はガンダーであるかもしれない。「あの男の子」はブレヒトという名の一人息子であったかもしれない。「三つの生命」で「完全になれる」としたら、そのひとつが欠けてしまったとき、この「うつくしい」命の共棲は、簡単かつ暴力的に、断ち切られ壊れてしまうだろう。すでにその壊れやすさの不安な予感もまた、この詩には書きこまれている。それゆえいまが在ることも、この詩において痛いくらいうつくしい。
もちろんこの詩の「あの女性」はライトでなくてもよく、「あの男」そして「あなた」もまた他の誰であってもよい。それでもこの詩は詩として完全である。そしてそれでもなお、わたしはたとえばここに、かけがえのない、けっして欠けてはならなかった関係性の痕跡を、ガンダーとライトの照らし合いの徴を、読みとろうとする。

▼

ライトのパートナー、フォレスト・ガンダーはどんな詩人なのか。二〇一六年六月に竹橋の東京国立近代美術館で開かれた吉増剛造の展覧会（「聲ノマ　全身詩人、吉増剛造展」）に合わせて来日したおり、美術館でのガンダーと吉増の対話のイベントで司会役のわたしが拙い紹介をした、その冒頭箇所を引いてみる。

フォレスト・ガンダーさんは現代アメリカでどちらかといえば前衛的な詩を書いてきた詩人で、

詩だけでなく小説もエッセイの著作もあり、また翻訳書も多く出されています。「前衛的」と言っても何も言ったことにはならないのですが、たとえば自分の主観から感じとった印象を核にして、詩人自身の心情を吐露するというような詩がありますが、いわばそれとは対極的な詩人だと言っていいでしょう。むしろ、自己を歌うというより、世界にさわる・触れることが詩になるような詩を書かれます。そのため彼の詩には長い連作のような形の詩も多く、またサイエンスの用語もしばしば登場して、大変翻訳しにくい詩人でもあります。自らを他者が受け取るべき重要性を持つものと考えず、むしろ媒介・メディアのように、世界に身を差し挟むようなポジションで詩が出来ている場合が多いです。

核心を捉えたとは言えない生ぬるい言いようだが、これに続けてわたしは、やや概念的な構え方で、吉増剛造とのつながりも意識して、こう述べた。「お配りしたプリントの四枚目の左に、二〇一二年刊行の、共著の詩論集『レッドスタート（*Redstart*）』の一部を載せてありますが、ここでガンダーさんは「エコポエティックス（ecopoetics）」という概念を提唱されていて、そこで望まれる詩の形として五つの特徴を記しています。エゴ（自我）を拡散するようにし、世界に自らの反射をさせて、世界と遭遇することを目指し、パターンを注意して用いて、客観性から「間主観性（intersubjectivity）」の方向を目指す、と言われています。実はこれらの特徴は吉増剛造さんの詩にもあてはまるものだと思われて、お二人の詩人の共通性、あるいはなぜガンダーさんが吉増さんを尊敬しているかの一つの理由が見えてくるように思います。」彼の詩が「自分の主観から感じとった印象を核にして、詩人自身の心情を吐露するというような詩」ではないことの、これもまた一つの（やや迂遠な）説明のしかたになる。とりわけこうした特徴をよく示している優れた詩集は『世界のコア・サンプル(*Core Samples from the World*)』(二〇一一年)だ。じかに彼の詩の特徴に触れてもらうために、一つ、「接触(*Contact*)」と題された詩を引こう。二〇〇一年に出された詩集『めざめたまま引き裂かれ』(*Torn Awake*)の劈頭に置かれた詩で、詩集全体のタイトル"torn awake"という表現が現れている。「見失われているものの巨きさ」という五篇からなる連作の、最初の詩にあたる(3-4)。

眼が見ている方向を視覚のラインと
呼べ。そこでは
その線は食んでいるだけだ
　　　可視的な波立ちの表面を、
人間の現存のフィールドには何のつながりも持っていない、
眼をそらすな。
　　　　　　　　　　　　　そらしたりしてはいない。

神経細胞は急に上昇する。そしてカタストロフが
極点にいたるまで完遂される、曖昧さが消えるまで、
新しい感覚の領域が生まれる。目覚めたまま引き裂かれて。Torn awake.
もし　ひとが自分の家に入って壁に手を

ついたときそこに
壁がなかったら？

君と真理との関係がいかに緊張を創り出すかを見よ
これまで妥協して緩めてきたそれを。
　　　　　　　　そう、離れれば
離れるほど、わたしはそれを貴重に感じてきた。だが
交差が生じる所に立つことだ、秋の柏が折り重なって
　　　　　　　　　湖の光に入っていくように、
そんなふうに投影を身に纏って、さらに一歩を内部に踏む——

　　　　　　　　　いや、声は言った、お前は外へ出ていくのだ、
苦痛の森へと、途のない、暴れられた場へ、雲が山巓を覆い
　　　　　　　　　流れになって零れ落ちる場所へ、

盲目が混乱と交渉し、物別れになる、
自己からの自己の流刑を測りながら。駆り立てられ
横切られて。Driven transverse. それでもお前は到達し始める、そして知り始める
　　　　　　　　　　　　　　　　　　　　　内奥の衝動から
……の決定的な経験を、……の分解の脅威を、だがそれが何かはまだ。

何かもっと別なものが在る
　　距離と現前がつくるリズムとは違うものが、
地と図と痛みを決定する一群の性質よりもっと別の
性質がある、そこでは休息が一個の地平のように
あまりにしばしば誤読されてしまうのだが。

その言葉は一つの言い回しのために在るのか、
それ自体もまた一個の言い回しなのか？
　　わたしには何かが贈り物―現在《プレゼント》として与えられた
そして亡霊がわたしに取り憑いた、それは多義性の
虚偽を孕むもの。

そして言語の喉の中で、
そして六月初旬のホシムクドリの騒擾の中で、
そして書物の継ぎ目に入ったパン屑の中で、
硬いリアルが、はてしなく希釈された経験から歩み出て
言う、私はお前に与えた　舌を。眼を。

軌道のいかなる点でも、肉体は停止し得る。君はこの部分を思い出せるか？

だが誰がいま喋っているのか
この燦然たる、弦のはずれた光の中で?

この詩について、わたしは竹橋で、(仮の言い方として、だったが)こう語った。「世界に対して主体が決して主導権を持たず、「真理」との関係を取り結ぼうとすれば、否応なく、まだ「何か」を決定できないものの方へと歩を進めるしかない、既に認識している世界像とは異なる世界の姿を、言葉で言い表そうとして、それがとても困難な場所に詩人を立たせるものだということがわかります。言語が世界を表象するとき、その表現に満足することはできずに、むしろ表象から逃れていくというか、言葉が世界に触っていくときの、その〈へり=ふち〉で、おぼつかない言葉を記すことが語られています。「交差が生じる所に立つこと」(To stand where the crossing happens)という表現が出てきますが、それこそガンダーさんがいつもしようとしていることだと言っていいでしょう。それは、フォームに固定される前の、変化、移行、運動する線をなぞるような詩の形につながっていると感じます。」「肉体」が「軌道のいかなる点でも、肉体は停止し得る」とは、言い換えてもよければ、〈ひとはいつでも死ぬことがある〉ということかもしれない。「経験」は「真理」との関係においていつも「はてしなく希釈され」ている。身体の感覚で捉えようとしても、視覚はリアルなものを捉え損なう。おそらく「盲目」になって、「接触(contact)」としての〈触れる〉こと(だけ)が、外の世界へとひとを導く。だがその「緊張」は「言葉」を介してしまえば、何かを、世界のリアルを、取り損なってしまう。その意味でひとは自己から流刑されている。「目覚めたまま引き裂かれて」、「駆り立てられ横切られて」、辛うじてひとは「何かもっと別なもの」、その名を未だに明かし得ないものを知り始める。生はわたしに“a present”（贈り物・現在）として与えられている。到達し得ないことと、到達し始めることの中間に、ガンダーの人間は存在する。その緊張から目をそらさないことは至難だろう。自分の家に帰って来て、有ると思った壁に手をつくとその壁がなくなっている、というメタファーの中に、現前の経験の危うさが定着されている、と思う。何かと何かが、いつも交差している。交差が生じる場所に立つこと。To stand where the crossing happens.

▼

二〇一六年二月三日に、わたしはプロヴィデンスでガンダーと会った。ライトが亡くなって三週間後のことで、ガンダーによれば彼女の死後初めて（家族や親族以外の）ひとと会った、とのことだった。プロヴィデンスの鉄道の駅の待合にいるはずの彼を、わたしはすぐには見つけられなかった。混み入っていたのではない。一度外に出て踵を返し戻ると、ベンチから静かに立ち上がった男性がいることに初めて気づいた。ガンダーだった。存在感が、消えていたのだった。

ガンダーとわたしは知り合って十年以上経っていたが、頻繁にやりとりをしていたわけではない。二〇〇五年三月、彼が詩人・吉増剛造をブラウン大学に招待したおり、たまたまブラウンに身を寄せていたわたしも一緒になり、吉増と妻のマリリアとギタリストのポーヴロフと共に、わたしたち夫婦もガンダーとライトの家に呼んでもらったのだ。そこでわたしは一度、ライトに会っている。（その事実を彼女の死後ガンダーは大切に想ってくれた。日本語なら〈縁〉と呼ぶような遭遇として。）

その後間遠ながら彼が吉田恭子さんの招きで来日したおりに会ったり、詩集を送ってもらって感想をメールで書き送ったりしていた。わたしはエマソン研究の新しい展開を考えていて、吉増とガンダーに、エマソンについて何かテキストを書いてもらうことを、前年から依頼していた。（かつてなら到底夢想もしなかったような企てだったが、吉増とガンダーとの自分の関係、交わりといっていいような時間の積み重なりがそれを可能にした。）二〇一六年一月末から二月にかけて、サバティカルを利用してボストンに赴いたのも、前年からのガンダーとのコミュニケーションの延長として、エマソンについて直接会って話し合いを持つためだった。年末に約束をして年を越し、突然にライトの逝去の知らせを、本人から知らされた。（彼女の死の詳細についてはずっとあとまでわたしは知らず、ただ、突然ライトが喪われてしまったことだけを告げられた。）

それでも、前からの約束だったから、と彼は時間を作って会ってくれた。それが彼女の死の三週間後だったのだ。「今日はぼくは何も話せないから、君の方が話してくれ」と言われて、わたしはガンダーの車に乗った。彼は、プロヴィデンスの大きな河に沿った古くて広い、緑豊かな墓地に、わたしを連れて行った。風が強く、いまにも雨になりそうな曇った空のもと、わたしたちはゆっくりうつくしい墓地を歩いた。遠くに見える川面は強く波打ち、岸辺の常緑樹の枝は揺れていた。ほかには誰もいなかった。人間と同じほど大きい天使の彫刻を施した墓石があり、これはぼくのお気に入りだ、と彼は言った。かつて一度会っていたわたしの妻の名前を（あらためて）尋ね、いまはどうしているかと訊いてくれた。わたしはそのふたりきりの墓所で、自分という存在の、人間としての生き方すべてが、いま問われている、と感じていた。

私的な会話の詳細は書けないが、わたしはわたしなりに彼に語れることを語ったと思う。伴侶と同時に死ぬことができない以上、どちらかが先立つことになるけれど、あとに残して悲しみを与えるより、先立たれて悲しむことの方を自分は、選べるなら選ぶだろう、と語った。（むろんそんな物言いは僭越なことなのだが。）車に戻り、車中でエマソンが最愛の息子ウォルドーを五歳で猩紅熱によって突然喪ったことについて、わたしは話した。自分の研究の一端として、ではあったが、当時のエマソンの日記で、決定的な場所でページが破られている事実について、或いは子どもの喪失がエッセイ「経験」にいかにあらわれているかについて……。わたしたちの会話は一直線に進んだのではない。ブラウン大学の教員専用のレストランに行き、二人で食事をしながら、吉増剛造の話や、共通の知人の話など、静かに、間を置きながら話をした。

わたしはその日のために、それぞれ三枚のシートから成るテキストの抜粋を、二揃い作って日本から携えていった。それは自分なりのガンダーへの精一杯の捧げ物だった。一つはエマソンのエッセイ「経験」から数行ないし一行のテキストの断片を、詩行のようにレイアウトして並べた紙で、ヘッドの箇所に“Dear Forrest Gander”と記されている。もう一つは、すべてフォレスト・ガンダーの詩や小説から採った言葉の断片で、一行にも満たないものから五、六行のものまであり、やはりさまざまにスペースをあけ配置をした三枚で、頭には“Dear Ralph Waldo”と付けた。二つ揃うとその意味は、いうまでもなく、互いに互いのテキストから相手に呼びかけ合う言葉の群れ、照らし合う書簡 correspondence となる。エッセイ「経験」は息子ウォルドーを突然喪った体験をいかにして思想的に乗り越えるか（或いは乗り越えられないか）を賭けて、エマソンが苦しみながら書き上げた一篇だ。わたしの想いとして言えば、エマソンの言葉は、妻を一夜にして喪ったガンダーに向けて語られたものとしてあり、他方でガンダーのテキスト群は、そのエマソンへの応答として存在する。

それがどう役立ったか、本当のところはわからない。だが、後になってガンダーから送られたメールによれば、それは彼を深く励まし得たかのようだった。私信を引くのは躊躇われるけれど、彼はそれを「自分がこれまで受け取った贈り物の中で最もうつくしい物の一つ」だと言い、このエマソンとガンダーの「ダイアローグ」は hopefulness と openness に向けて調音された思索の軌道として、「ぼくのフラジャイルな quick（心の中枢・急所・核心・生き身・傷口に盛り上がってきた新肉）に触れた」と書き送ってくれた。「このギフトの beauty はこの最も暗い時間の中でぼくを sustain する手助けをしてくれた」と……。

わたしは畏れのために震えた。こうしてそれを書いているいまでも、自分の身の内から〈震え〉は変わらず沸き起こってくる。

▼

“Dear Forrest Gander” と始まる架空の correspondence は、エマソンの次の言葉から始まる。

わたしたちはどこに居るのだろうか。或る連続のなかに。その両端はわたしたちにはわからないし端などないように思える。目が覚めると自分がひとつの階段の上に立っているのがわかる。下を見ると幾つもの段が見えて、どうやらそれを昇ってきたらしい。上を見るとそこにも段が、それも沢山の段があって、上へ上へ、その先は見えない。

エッセイ「経験」のこの冒頭部分でエマソンは、人間が存在することを、ふと気づくと階段の途中にいることがわかる、というメタファーで象ろうとする。始まりも終わりも見えない。ひとは自分の誕生の瞬間も死の瞬間も意識し味わうことができないからだ。この書簡の次の断片はこうである。

あらゆる事物が浮かびちらつく。わたしたちの生は、わたしたちの知覚ほどには脅かされはしないものだ。幽霊《ゴースト》のようにわたしたちは自然のなかを滑り動いてゆき、自分の居た場所を二度と再び知ることはない。

自分がいま生のどの段階にあり、どのような状況・状態にあるのか、「知覚」はことあるごとにびくびくするが、〈ただよい〉として在ること（不確かであること）だけが確かなことだ。エマソンの場合、この認識は、「だから生きてはいけないと感じるような苦難に遭っても、あなたの生はほんとうには脅かされてはいないのですよ」と告げるものとしてある。

あらゆる災厄にどんな阿片が滲み込まされていることだろう！　わたしたちがそれに近づいてゆくときにはすさまじいように見えても、最終的にはそこにどんなざらついた軋むような摩擦もなくて、ただ最もあてにならない滑りやすい表面があるだけなのだ。

災厄の経験にも「阿片」が、わたしたちをシャープに目覚めさせすぎないように滴らされている、その様態こそが常態で、おかげで死にたいほどの〈いたみ〉が永続することはない。

実はエマソンがそう断言するまでには苦闘があった。このエッセイを執筆する二年ほど前、エマソンは当時ひとり息子だった五歳のウォルドーを、突然猩紅熱で喪った。当時の彼のかなしみや苦悩は日記によく窺われる。その〈傷〉の乗り越えとして、エッセイ「経験」は書かれた。真に乗り越えが成功したがどうかは不明だが、このエッセイでエマソンは、「もう二年以上前、わたしの息子の死に遭って、わたしは美しい地所のひとつをうしなったかのように感じられる――だがそれだけだ。わたしはそれをそれ以上わたしに近づけることができない。……それはわたしに触ってこれない。自分の一部だと思いなしてきたもの、わたしを壊すことなしには引き裂かれないはずのもの、或いはわたしを豊かにせずには拡大されなかったもの、それはわたしから剥げ落ちてゆき、なんらの傷痕も残さない」と書き記すことになる。「哀しみがわたしに教えた唯一のことは、それがいかに浅いものかであるかを知る、ということだった。それもほかのすべてと同じく、表面でゆらめき、けっしてわたしをリアリティに導くことはない。それと接触ができるものなら、わたしたちは息子たちや恋人たちといった高価な代償を支払うつもりさえあるというのに。」これについてわたしはかつて自著の中でこう書いた。

……自己もまた肉体を持っている以上、血液は一瞬たりとも止まっていず、同じと見なされる自己もまた、新陳代謝によって常に更新され続けている。それはまた、自己が〈時間〉を生きるということでもあるのだ。深く愛する者を喪ったわたしに、なお世界が日々あたらしい声音で呼びかける。悲しみは永遠に消え去るまいと思っているのに、やはり朝の陽光を浴びた樹木の葉裏を見ると生命の姿になにかしら前向きなものを直知してしまう。そういう人間の様相が確かに在って、またそれは決して否むべきものでもない。（『エマソン　自己から世界へ』57）

エマソンが悲しまなかったというのではない。エッセイ『ネイチャー』以来、それまでずっと、人間はいつでもゼロになってスタートし直すことができる、ひとは自然と共に、ある種のイノセンスともいうべき質を内包している、と言おうとしてきたエマソンの、いわば〈思想家〉としての姿勢が、息子の死をどう乗り越えられるかという難問によって、問われていたのだ。死別のような「経験」はひとの生の軌道を後戻りできない形で決定してしまうのだろうか。そうかもしれない。だがエマソンは「必ずしもそうであるとは限らない」と言おうとする。そのためエマソンは「悲しみの浅さ」、あらゆるできごとの表面性を言い立てる。わたしはそれを彼の無理やりの強弁だと捉えてはいない。

こうした話でわたしがいつも思い出すのは、『赤毛のアン』の終わり近く、育ての親マシュウを突然喪ったアン・シャーリーが、ダイアナの話で思わず笑ってしまった自分を許せないと感じたときに、アラン牧師の夫人が彼女に語りかける言葉だ。ミセス・アランは語る。「マシュウが生きていたとき、あなたが笑うのを聞くのが好きだったわね。そしてあなたが身の回りの楽しいことに喜びを感じているのを知るのが好きだった。……マシュウはいまここにいないというだけなの。きっといまでも同じようにそれを喜んでくれるわ。自然がわたしたちに癒すようなはたらきを与えてくれるなら、わたしたちはそれに自分の心を閉ざすべきではないと思うの。」その言葉が、鋭い〈いたみ〉に刺し貫かれているアンを納得させることはないとしても、しかしいつか、アン・シャーリーもこの言葉が持つ真実に気づくことがあるかもしれない。おそらくモンゴメリーはそう考えていたと思う。

エマソンはこの架空の手紙においてガンダーに告げようとする。

あらゆる事物のこのはかなさと捉え難さ、わたしたちが最も強く握りしめているときにこそ指の間からそれらが零れ落ちてしまうこの状態を、わたしは、わたしたちが置かれた状況の最も不愉快な部分だと考える。

わたしたちはよろこんで碇を下ろしたい。けれども投錨地は流砂なのだ。

エマソンが告げたいのは、個々の人間（の内面）にとって、世界は「流砂」の場だというイメージだ。この世界像が「最も不愉快な」ものであることを、彼は認める。愛する者を亡くしたとき、世界は止まる。だがなぜか、ずっと止まり続けることはない。止めようとすることはおそらく、世界に対する（根源的には）不可能な抗いではないのか。中原中也の言うように、「愛するものが死んだ時には、自殺しなけあなりません」、しかし、それでもどういうわけか死ねないとき、生きてゆくときがあるのだ。エマソンは、世界が〈流砂〉であることは実はポジティヴなことでもあり得る、あり得てしまうということを、見つけ出さずにはおれなかった。

どこにも留まらず絶え間なく枝から枝へと飛び移る鳥のように、〈力〉はどの男にも女にも滞留せず、ある瞬間にはこの者から、別の瞬間にはあの者から声を発する。

エマソンが大文字の“Power”の語で言いたいのは、身分や役職や立場でひとが揮う「権力」ではない。いっとき「権力」として固定されるかに見えるが、その実誰も永遠に保持し続けることのできない、個人が所有できないもの、しかしそのときどきで誰かを通じて現れて、世の中を動かすものとして、その意味では潜在的な在り方をするものとして、〈力〉は存在する。「存在する」という言い方がそもそも固定を目指していることになるが、ほんとうは〈存在（Being）〉ではなく〈生成（Becoming）〉と言わねばならない。いつも流動して現れては姿を隠す、動き続けているもの。エマソンにとって世界の真の姿（実相）が〈生成〉だった。

そのように考えることによって、エマソンは個が深い悲しみに固着しないこと、しなくてもかまわないこと、或いはそうはし切れないということを、救いとろうとする。だからエマソンは言うのだ。

> **いまというときを満たすこと、――それが幸福だ。ときを満たして後悔や他人の承認のための裂け目など一切残さないこと。わたしたちは幾つもの表面の上を生きている。そして人生のほんとうの技《アート》はそれらの上を上手に滑ってゆくことなのだ。**
>
> **この瞬間を終わらせること、道の途中のすべての歩みにその旅の終わりを見出すこと、よい時間をなるだけ沢山生きること、それが知恵だ。**
>
> **すばらしい贈り物は分析することでは得られない。よいことはどれでも、みなが通る道《ハイウェイ》の上にある。**

エマソンが象るのはこの highway が実は細くて危うい線で、そこをひとが注意を凝らしながら歩んでいくイメージだった。それをこの架空の書簡で彼は語る。

人間の生はふたつの要素から成り立っている。力と形だ。もしも生をかんばしくすこやかにしたいなら、ふたつの釣り合いは変わらず守られねばならない。

ひとりの人間は金色の不可能性なのである。彼が歩かねばならない線は、髪の細さしかない。

この線の細さ、まるで綱渡りの芸人のような、バランスを危うくとりながらの歩みに、エマソンの生の形がある。このバランスをとるのはたやすくはない。エマソンは言う。

ひとは脈動によって生きる。わたしたちの有機的な運動もそうだ。化学的でエーテル的な作因は波状で交互になっている。精神は対立するものの往き来を続けて痙攣のようにしかさかえない。わたしたちは偶然性によって育つ。わたしたちの主な経験は偶然《カジュアル》なものだった。

エマソンには生命科学的な視点があり、「**胚の生長について、たしかエヴァラード・ホーム卿だったと思うが、進化はひとつの中心点からできるのではなく、みっつかそれ以上の点から共同して働き出すということに気がついた。生には記憶はないのだ。（Life has no memory.）**」と述べる。ひとも生命体としては複数のことを同時に経験しているが、そのうち「記憶」されるのは自我或いはパーソナリティが気づき、残そうとしたものだけだ。わたしたちはその「記憶」こそ、ひとをひとたらしめるものではないか、と思わず反論したくなる。どんなに悲しい「記憶」でも、それを保持し続けていきたいと願うものではないか、と。だがエマソンは固定した人格的な同一性だけが人間を規定するのではない、むしろそれゆえに自我意識の下には、生命の流れという〈自然〉の次元があることが希望でもあり得る、と言おうとする。

不調和で矮少な諸々の特殊例の下に、或る音楽的な完璧性が存在している。このイデアはいつでもわたしたちと一緒に旅をしていて、天空には切れ目も割れ目もない。

むろん個として自我意識を持つことが人間という生命体にとって避けられないことを、エマソンは認める。だから「**自分が生まれてきたと知ることは、とても不幸せな、けれどもいまさら助けようもないような発見だ。その発見は〈ひとの身の堕落〉と呼ばれてきた**」と言うのだ。やはりわたしたちは、いや、悲しむこと、心に傷を負うことが可能であるからこそ、この世に生を享けた意味があるのだ、と言いたい気持ちにさせられる。だがエマソンはやはり、傷としての〈経験〉はあなたを決定しない、と言おうとする。

しかしエッセイの最後でエマソンは、そこまで追求してきた思想が決定的なもの・最終的なものでないことを告げずにはいられなかった。架空の手紙でエマソンはガンダーに言う。

わたしは自分の絵が完璧であると主張するよりはものごとをよく弁えている。わたしは断片だ。

この書き物もわたしのかけらだ。

わたしが知っているのは受けとることだけだ。わたしは在る、だからこそわたしは持つ。しかしわたしは獲りにいかない。自分が何かを手に入れたと思うときにじっさいはそうではないことを、わたしは知った。

だから、エマソンはこのエッセイで息子の死の衝撃を、傷を、実は乗り越えたわけではない。乗り越えたとは言えないが、また乗り越えに失敗したとも言えない。「**法則をけちくさい経験論で速断してしまうような絶望から、わたしが離れていられますように**」と祈願することができるだけだ。エッセイ「経験」は、人の生を、〈経験論〉だけで即断しないで、目に見えないがほんとうに世界を動かしているはずのイデアの、理想の次元へと手を伸ばすことによって、いまだ、いつでも、可能性のあるものとして捉えようとする。

それは「愛する者の喪失はひとの生をどうしようもなく変更する」と言うものではないが、といって、「ひとは愛する者を喪っても悲しむ必要はない」と主張するものでもないのだ。前も後ろもその終極が見えない長い細い階段の真ん中にいるように、はっきりとは明視できない状態で、なんとか悲しみや傷の重力に引っ張られてバランスを失わないように、抗いつつも世界の〈ほんとう〉、〈実相〉という見えないものに支えを求めようとするエマソンが、精一杯のこころみ（エッセイ）をしたのだ。彼のガンダーへの書簡はここで終わる。

フォレスト・ガンダーのテキストの断片から成るエマソンへの correspondence、架空の応答は、"Dear Ralph Waldo" の呼びかけのあと、次の言葉で始まる。

▼

裸のコモンを横切った。（Crossed a bare common.）

『ネイチャー』のよく知られた箇所に、エマソンが「木の生えていない共有地を横切っている」ときに、ある種の高揚感を味わったと述べる箇所がある。"crossing a bare common" という表現だが、ガンダーはこれと同じ言葉の配列を用いていることになる。引用は、詩集『科学と尖塔状の花（*Science & Steepleflower*）』（一九九八年）に収められた詩「幾何学的損失（*GEOMETRIC LOSSES*）」から採られた。この詩集の第五部、それ自体が小詩集とも言える「ナスとハスの根（EGGPLANTS AND LOTUS ROOT）」の中にある。このパートは短い三つの詩が一組になった、タイトルを付された五つのグループによって構成され、その四つ目、「水ぎわで（close to water）」の最初の詩に、この主語を欠いたセンテンスが現れる。どのグループも「幾何学的損失」、「暴力のナラティヴの続き（*VIOLENCE NARATIVE CONTINUED*）」、「黙想の中で（*MEDITATIVE*）」という同じ題を持つ三つの小詩から成っており、同題の小詩は飛び飛びに連続していると読むことができる。元の小詩を引用する（67）。

いくつかの形態はそれらを保持する。光輪のある髪。わたしは。精子。から。

彼女は胸の谷間を拭う。どうして君は情報が押し寄せてもじっとしていられる
ぼくの膝に枕して、こっちを向きながら。ギロチンの刃が暗い眼を覆う。裸のコモンを
横切った。ぼくたちは無関心にとり囲まれて。或いは酔っぱらって、
橋の灯りは水のようで、橋の灯りはパチパチ言ってる、川の口の
ところで。密着しているような、奇妙なシンタックス。月経の流れ、
グアナファトから昇った月だ、自らの性器を握っている発疹顔の
死者たち、口を大きく開けたまま。何でも意味することが　(67)

これだけの、それ自体が断片として構想されている詩。おそらく「ぼく」と「彼女」(「君」とも呼びかけられている)が二人で、メキシコのグアナファトにいて、「密着」している。ホテルの部屋だろうか。推察するほかはないけれど、ふたりは性行為のあとの状態にあるようにも読める。外は天然痘なのかもしれない発疹を現して死んだ男たちのいるイメージを醸し出し、中の自分たちは誰からも関心を持たれず、顔を向け合っているらしい。暗い眼の上に掲げられるギロチンのイメージは、ある種の危機を仄めかしているようだ。

ここに登場する「裸のコモンを横切った。」は、親密でありながらとても張りつめた状態で現れる。commonは共有地、bareは木が生えていないというエマソンの元の意味から、おそらく別の意味へと変換されているのだ。語り手の男性と相手の女性は裸である。commonが示すのは共通の場所だが、それは一対の男女の〈ともに在ること〉を意味しもするはずだ。愛の行為によって、男はあくまでも隔たっている相手とのcommonをcrossした。それはその都度の、一回性の行為だろう。性愛は外部

の死と隣り合わせで、そこでは通常の言葉の「シンタックス」は捩れる、ないしは脱臼する。ともにありながら、横切らねば到達できない。

もしもこれがエマソンの『ネイチャー』からもたらされた言葉であるとしたら、そこには近代のとば口とポスト・モダンの時代との距離があることになるだろう。一方で、ロマン主義の時代に、人間の主体が外部の自然と幸福な融即・交感をおこなう、その指標としてあったフレーズ。他方は、ポスト・モダンのフラジャイルな主体がほとんど壊れながら向こう側に行こうとすること、外界との交感のようなものを奪われたまま辛うじて性によって愛し合う者同士の common を見出そうとすること、その束の間の場を〈越える〉ことを目指す表現。それはガンダーによるエマソンへの批判でもあり、受け継ぎでもあると思う。

ガンダーからの架空の書簡。次に「**目に見える世界、それは唯一のものではない。**（**Apparent world, not the only one.**）」の一行があり、更にスペースを空けて三行が続く。「**わたしは信仰の慰めを失った／けれども祈りへの熱望は失っていない、／交差が生じるところに立つために。**（**to stand where the crossing happens**）」これらは詩集『めざめたまま引き裂かれ』の連作詩群「見失われているものの巨きさ」の半ばほどのところに置かれた詩「近接（Proximity）」の最後の部分から採られた(8)。実際は改行、一行空きを介した五行の部分であり、「目に見える世界は、とその本は主張する、／唯一のものではない。それともこれは誤訳なのだろうか？／　／こう言うこと。わたしは信仰の慰めを失った／けれども祈りへの熱望は失っていない、と／　／交差が生じるところに立つために。」となっている。「祈りへの熱望」と訳したのは“the ambition to worship,”で、一行空けて“To stand where

the crossing happens.”となっているので、コンマとピリオドの使い方からすれば、“to stand” の to も “to worship” の to と同格であると解することもできて、その場合詩の最後の行の訳は、「交差が生じるところに立とうとする望みを。」とでもなるのだろう。「目に見える世界、それは唯一のものではない。」という主張は、エマソンが「経験」で語っていたことと重なってくる。
この詩「近接」の第一連は次の六行から成る（7）。

起源となるダイナモ—岩の中の残留磁気
古地磁気学のフィールドの。鉄の粒状体、
マグマの中で直列して、コアを方向づける。
だがここ　爆発の合間の明滅
　　　　　　　　　の中では、わたしは
いかなる定点もない発声をまぬかれない。

人間中心主義から離れて世界を見るとき、主体である「わたし」の「発声」にはいかなる根拠（「定点」）もない。その認識からスタートした詩人は、ここでも共生するパートナーに言い及ぶ。

彼女はオーヴンからまだ濡れている新聞紙を摘み上げる、
雨を告げる天気予報を一瞥して。膝の下のスカートの
皺を伸ばす。

そしてわたしたちは一緒に家を出るがそれはまるで
ユニゾンで、密接行進法で拡がっていく波のようだ。車のホイールキャップが
濡れた犬の顔を映している
　　　　そこで歪められたわたしたちの身体が
近づいてくる。

このあと詩は「発声（utterance）」・言葉に表して言うことを問題化していき、先に引いた終局部に至る。わたしたちの発声・発話・言葉は、「目に見える世界」の分節のやり方だけれど、ホイールキャップの鏡面に映るように、歪んだ像でしかない。言葉が世界を言い当てられるという「信仰」は、エマソンと異なり、保持し得ない。しかし言葉が世界のリアルを捉えられない不可能性に甘んじて、フィクションを操る表層の場で漂えばいいとも思われない。worship したい熱望・野望・念願（ambition）は捨てられない。crossing が起こるところに立とうとする、それは詩人の希望である。

愛する者は死によって失われる。という言語の格子による認識は真なのだろうか。

ラルフ・ウォルドーへの手紙の次の断片は、やはり「見失われているものの巨きさ」に収められた詩「燃え上がって（Enflamed）」から来る（11）。

〈距離をおいた配置〉と呼ばれる戦略、
「わたしは信じる（I believe in)」という断片を
従属させておく懐疑……

このように三行に改行した箇所は、元は二行になっていたものだ。この詩では、「このカップル（the couple)」と呼ばれるふたりの人間が、ネヴァダ州の「パフート・メサの核実験場」の近くの砂漠に赴いているらしいことがわかる。やはり「彼女」と「彼」と呼ばれる人物が登場する。詩人は「彼らの世界についての感覚は世界の中にある、サルビアの／猫の尿のついた匂いの中に。」と書いていて、ここでも「世界」をどう知覚し、どう捉え、どう語れるかが問題になっていると言える。終わりの部分を引く（11)。

それが何を意味するのかを問うこと。喪失の支配。水のような不在。自分たちを
懐疑的な中心に見出すこと、応答もできずに、空白になって。

でも君は、微光のなかにいて、ほとんど蒸気のようだ、
君はひょっとして――小声で問う――触れることの
向こう側にいるのか？　君の指――
知覚はそれらを
乗り越えてしまう？　君の指は接触を越えて、火を灯せないのだろうか。それとも

核実験による世界の喪失とカップルの間の関係とが隣り合わせになる。「わたしは信じる」の目的語はなんだろう。たとえばそれは「君がいる・世界を」だ。体で触れることはできる。だがそれがほんとうに、ふたりがともに在ることの芯を燃やすことになるのだろうか。「懐疑」はあくまでも「距離をおいた配置」という「戦略」をとる。だがここにはもちろん、詩人の（「愛へと向かう」と言葉にすれば指から零れ落ちるけれど）「祈りの熱望」があるのだ。

次に、『めざめたまま引き裂かれ』から詩「ユリディスに（TO EURYDICE）」の三行の断片が、四行に配置され直して現れる（43）。

わたしの諸感覚がリアルな世界と呼ばれたものを指し示す限り、
それらは確かなものではない。
それらが確かである限り、
それらはリアルと呼ばれたものを指し示さない。

エマソンは、わたしたちの生は、知覚がそうなるほどには脅かされはしないと「経験」で言っていた。ここで語られているのも、諸々の知覚（"perceptions"）が記録するものとリアルな世界とは正しく対応することがないということだ。同じ詩集の「ヴァージニアに（TO VIRGINIA）」から、引き続き二つのセンテンスが書簡に登場する（65）。

自分に気分が悪くなるとき、わたしは漠然と自分が
意識、イメージ、物であると感じる。ここに在るのは
容積を持ったわたしの肉体だ。

自己意識と物質としての身体とにずれが生じる。それが生じ得るのは、わたしの自己認識が、同時に何層にも動き働いている身体（としてのわたし）を、過不足なく把握することはないからだ。元の詩においてこの箇所に続けて「でも」で導かれる文が、エマソンへの書簡にも、独立した断片として、「でも」抜きで、引かれている（65）。

能弁な言葉と世界との間にはどんなフロンティアもないとすれば、
不一致が明白になった事物の領域にあって
生は自ずから語るものに対して自らを提示すると、わたしたちは言えるだろうか？

人間の「能弁」は世界に対応できない。自ずから物が、世界が語り出すところにひとの生も現れるというのは、知の作為を武装解除して、受け身になることにほかならないだろう。この「ヴァージニアに」の更に五行あとで、詩人は括弧に括りながら、

（わたしがいまヴァルネラブルだからといって、それはわたしの意志に反してではない）

と書く(65)。この括弧つきの一文が書簡でも続く。ひとがvulnerableに、つまり造作なく傷つきやすい情態になることがあり得る。(たとえば誰かたいせつなひとを突然喪うようなときに。)だが、それでは、外界のどんなできごとにも傷つかぬ(金剛石のような?)主観性、固い不変の自我の殻、自分を囲う鉄壁の壁を、持てばいいのだろうか? 詩人ガンダーは、決してそうは言わないひとだった。エマソンが「経験」で傷の動かしがたさに抗したのも、vulnerableな情態においてだった。だがやはり彼も傷つかなければいいと主張したのではない。自己破壊にいたるまで傷を大事にすればいいのでもないが、傷つく経験はひとが生きていれば避けられない。経験するとはvulnerableであるということ、それは誠実に生きる限り、生の条件だ。同じ「ヴァージニアに」の終結部から、書簡は次の疑問を引き継ごうとする(66)。

もし生が自ずから自らをあらわすのだとしたら、何も回復されはしない? だとしたらどうなる?

実際の原詩では「もし……としたら」のあとに二行分の文が挿み込まれていて、「何も」と「回復されはしない?」の間にも、二行分の言葉が挟まっている。だからこれはガンダーの詩の言葉に対するわたしの暴力的な改変・介入になるのだ。「生」は個々人の思惑とは関わらずに「自ずから」在るだけだろうか。個々人が深く苦しむ傷を蒙るとしても、「生」そのものは欠けたものを「回復」をしない。だとしたら……。

この疑問に対して、架空の書簡は、『めざめたまま引き裂かれ』から「運び去られて（Carried Across）」の中の断片

そしてぼくは耳を澄ます、あたかもすべてに答えるように

を呼び出す（73）。それをガンダーという詩人の、生に向かう態度として、わたしは取り出している。

ガンダーは「**しなやかな波動のなかで、世界は真になった。**」と告げる。詩集『科学と尖塔状の花』の詩「慰めなしに生きること」からの文だ（5）。エマソンは世界の〈力〉の在りようについて、通常の観念とは違う働き方をすると語っていた。“lithesome undulation”（「しなやかな波動」）はおそらく、個によっては把握できない。「世界」の「真」の在り方は個にとっておそらく、思いがけない、知解できないものだ。

そして個の方もまた、実体として在るのではない。この架空の書簡は言う。「**一個の視点を持つことはほぼいつも可能だ——／記憶と感覚作用のおざなりなパリンプセスト——／自分自身とは異なるそれは、犬が馬の脚にかけた小便のよう。**」『科学と尖塔状の花』の詩群「ナスとハスの根」から、二番目の「瞑想の中で」の冒頭のスタンザ。元は五行の詩行を三行に改変している（62）。先に書かれたものを消して上書きされる羊皮紙パリンプセスト——「記憶」と「感覚作用」のそれとして、ひとつの視点を持つ行為は容易につくられる。

それでもひとは物言わぬ世界の「沈黙」を跪拝しようとする。同じ「ナスとハスの根」の四つ目のト

リプティーク「水ぎわで」の「瞑想の中で」、三連十一行のテクストが、五行に変えて次に引かれる。

不思議なことだ、わたしたちが沈黙を跪拝するようになるとは、
美学的な活動として、ギフトとして。わたしたちが自らの精神的なゾーンの中心に
それを導くというのは。そこで沈黙を熟させるのだ、身振りの一切もないままで、
わたしたちの浸透の、ひづめ状になった夜に、
沈黙の記念の夜に。

ひとが沈黙を信じようとする行為がなぜ strange かと言えば、その信仰・祈りの営みには世界の側からの根拠がないからだ。それは（所詮は）美的な領域の活動にすぎない。だが同時にそれが「ギフト」のように思われ、各人はひとりの夜に、それぞれに「沈黙を熟させる」。宗教も信仰もない。成立できない。けれども或る「跪拝」の態度は存在する、というよりおそらく、否応なく存在してしまうのだろう。

なぜひとは無に対し敬虔な向き合いをするのか。沈黙を熟させて。

ガンダーは小説（散文作品）も書いている。『友人として（*As a Friend*）』（二〇〇八年）は百頁ちょっとのポケット判のような小さい体裁の書物。レズ（Les）という名の、測量士をしながら映画・文学・音楽などに精通した魅力的な男が作品の中心だが、彼は蛇に嚙まれて死んだとされ、その中心は不在になっている。恋人セアラと友人クレイがそれぞれに彼との関係について語るチャプターがあり、最後に「フィルム・インタビューのアウトテイク」として、レズその人がカメラに向けて語ったと思しき言葉の断片が八頁並べられている。架空の書簡はその最後のパートから引用をしている。散文を行分けして、次のような言葉が現れる（103）。

君を今ここに導いたランダムで些細な
できごとの連鎖——二年前の或るとき、
一匹の亀を轢きそうになってブレーキをかけたら
それが路上のビール瓶の底だったと判ったとき、
あの瞬間、一冊の本を手に取ろうとしたら書棚の
その傍で別の本が君の注意を惹いたとき——
そんなもう忘れたばかばかしい些細ないくつもの瞬間が
基板の層を何層にもつくっていてそれがすべてのロジックの下にある
表面の下に。

レズはいわば『オン・ザ・ロード』におけるディーン・モリアーティのような存在だ。「表面（surfface）」からは見えない、些細でランダムに思えることがらの種々の層がある。それがひとの生を、ランダムで些細に見える物事の積み重なりとしてつくっている。それは偶然ではないが、意識の表層からは偶然に見えるような「連鎖」なのだ。もしそうだとしたら、誰も自分の生をコントロールすることはできない。身にかかる突然の災いも、予測不可能でありながら、小さいできごとの連鎖、つらなりの結果としてあることになる。もしそうだとしたら……。

『目には目を（*Eye Against Eye*）』（二〇〇五年）は二十一世紀に入ってから書かれた詩を収めた詩集だが、冒頭に置かれた長詩「燃える塔、残る壁（Burning Towers, Standing Wall）」は、おそらく、二〇〇一年九月十一日の旅客機テロの引き起こしたエコーの中で書かれたと思う。ここではメキシコのとあるマヤの遺跡を訪ねた折に詩人が感じたことが、記述されている。第三部の冒頭のページは五行から成るスタンザで占められている（13）。

ふたつの上にひとつ、ひとつの上にふたつ。よく見なければならない
君が丸い石の平らな側を見出すことができるまで。
底の部分に最も大きい石を置いてはならない、むしろ組み立てるのだ
一個の交わりを。石たちは諸々の場の表面へと上がってくる
雨の季節に。

ここから三つのセンテンスが書簡に採られた。「**ふたつの上にひとつ、ひとつの上にふたつ。／見出せるまでよく見なければならない／丸い石の平らな側がどこかを。／底に最大の石を置いてはならない、／むしろ一個の交わりを組み立てよ。**」安定は決して、見かけ上大丈夫そうだと見なすことでも生の途中で最もよいと感じることでも、得られはしない。これは厳しい教えだ。元の詩において、詩

人はおそらく、マヤのひとびとの残響を感じながら、手仕事で一層ずつ組み立ててゆくしぐさのうちに、文明の衝突の末のカタストロフへの、オルタナティヴを見ようとしていた。その文脈から切り離されて、この断片は、崩れそうな危うい生の建設にあって、いかに「交わり（communion）」を作るかに傾けるべき注意の、その凝らし方を、仄めかしている。おそらくカタストロフのあとの、組み立て直しにおいて。

詩集『エイコとコマ』（二〇一三年）はニュー・ディレクション社の「ポエトリー・パンフレット」シリーズの一冊として、小冊で出された。ふたりの前衛舞踏家のパフォーマンスに接してガンダーが感じとり、思考した跡が綴られている。その中の「息（Breath）」は二十二行から成る詩だが、その冒頭から、書簡の次の断片は引かれた。**「世界の以前の下絵。あるいは／それまでにやって来たすべてが／彼らをその貯蔵容器にしたのだろうか？」**（19）そして同じ詩の数行あとの部分が続けて引かれる。**「かつての自分であった者に成ること――／それは決して起こらない。」**（19）これら二つの詩行はある意味で反対方向を指しているかに見える。いまの「彼ら」の姿は、かつて（これまで）の存在の保存器として在る。一方で、過去の自己にもう一度あらためて成ることの不可能性がある。だがそれはおそらく、矛盾ではないだろう。彼らが保存・貯蔵するものは、人間の性格や人となりではなく、「世界」の残存であるからだ。個の厳密な自己同一性はない。だがひとが生きているならば、そこに「それまでにやって来たことのすべて」がある。それを自己認識できるわけではないにしても……。それは絶望ではなく、希望であるはずだ。

同詩集所収の「道に入ること（Road-Entering）」は、“Nothing but. In care of, advanced.”という、ほと

んど意味の取り得ない一行で始まる。「それ以外には何も。気遣って、高められて。」とでも訳すのだろうか。同じようなフレーズの断片がセンテンスとして区切られて書かれたあと、“*Nothing but in care of thee.*”というイタリック体の文が現れる。何について書かれたものか、詩人の主体がどこにあるか、判明にならないままの詩だが、この文、「**あなたへの気遣い以外は何もない。**」(37)が、書簡に採られた。

同詩集所収のもう一つの詩「裸で(Naked)」は、ほぼ全行が“Naked”で始まるセンテンスの繰り返しで書かれている。そのうちの一行が“Naked as in unprepared for every eventuality.”という破格の文だ。おそらく“unprepared for every eventuality”(「あらゆる不慮の事態に心の用意ができていない」)が一個の名詞的な固まりになっているのだろう。「**裸で　あらゆる不慮の事故に用意もできないように**」(38)という意味になるだろうか。この行が書簡で続く。同じ詩の終盤に、「裸で　ふたりの距離はわたしたちみなの互いの距離だ。わたしたちの調音のための準備。」という表現が現れる(39)。ここから次の断片が引かれた。パフォーマーの「ふたりの距離」を、ひとの誰もが抱える隔たりと観て、隔てられながらともに関わる在りようを、ひとが音を合わせ合うための仮初めの範例と見なそうとする。

「**彼らの間の距離は／わたしたちそれぞれの間の距離。／調音のための準備。**」

不慮の災いに鎧はない。裸で。それでも……への気遣いは消せない。

ガンダーからエマソンへの手紙。最後の三つの断片は、小説『痕跡(*The Trace*)』から来る。これはアメリカ人夫婦の話だ。ガンダー自身をどことなく彷彿させるデイルは文学を教える大学教師で、ホアという名の妻がいる。彼女はプロとは言えないが陶芸によって自己表現をしている。二人には思春期の一人息子デクランがいるが、おそらくは家出をして行方不明になっている。何があったかは具体的には語られていないが、夫妻とも、とりわけ妻は自分を激しく責め、鬱病を病んだ直後だ。デイルは毎年夏に取材旅行に一人で出ていたが、その年は妻にとって気晴らしになればと考え彼女を誘い、ふたりで国境を越えてメキシコに行く。小説家アンブローズ・ビアスの謎めいた死について、実際に死の現場となったメキシコのゆかりの地を探索する、車の旅だった。だが町から町へと行く途中、チファファ砂漠で、レンタカーが故障してしまう。携帯電話の電波はつながらず、地図も頼りにならない。更にデイルは足を痛め、腫れのため容易に歩くことも難しい状況に陥る。車内で心細い一夜を過ごしたあと、ホアはひとりで先に、大きな道路を目指して出発する。夫は岸壁の窪みの日陰に身を落ち着け、昏睡しては目を覚ます。そのあたりを根城にしているマフィアらしい犯罪組織があり、小説は冒頭から、デイル夫妻の行状と麻薬組織の末端の荒くれた男たちの暴力に満ちた振舞いを、並行して描いてゆくのだが、読み進むにつれて、読者が強い不安に襲われていく構成になっている。やがてクライマックスで両者は交差する。

この小説で重要だと思えるのは、一人息子のデクランが、生存しているらしいけれども夫妻にも安否が不明で、安全であったとしても両親を嫌って家を出たらしく、つまりふたりにとって息子が〈失われている〉という点だ。それはむろん死別ではないが、とりわけ母親の激しい喪失感を、ガンダーは鮮明に描いている。ふたりはしばしばそのことで言い争うのだが、夫婦喧嘩の様子のリアルさは、既婚者であれば刺さるように伝わってくる。

ふたりが別行動をとったあと、ひとり砂漠に取り残されたデイルの視点から、物語は描かれる。ひとりになったデイルはホアのことを想う。彼女はいまひとりで、苦境にあって、彼にはなんの手助けもできない。「一緒に過ごしたこれまでの年月、結婚する前と結婚して以来彼が愛について学んだすべて、それを彼は彼女を愛するために学んだのだった。」（195）ホアの細部を彼は想い出す。「**そして彼女はいま彼とともにあった、彼女がほかのどこにいようとも。**自分の肌に触れたときの彼女の肌の、髪と髪が触れたときの、彼女の体液の、数えきれない夜に口と口の間でゆきかったすべてのワインと唾液とパン屑の、交わした言葉とお互いの見た夢の、それらの痕跡を。ホアの夢。**デイルにはわかった。それらの痕跡は自分の内側にある、たとえそれらがホアの脳の中の、その場限りの化学的な形跡として、一瞬存在しただけのものだったとしても、彼女が一度彼に話しそのあと忘れた、すぐにうすれていった記憶だったとしても。**」（196）太字の部分が、別々に、架空の書簡に採られた。

いっとき眠りこんでいたデイルは、夕刻に目を覚ます。生の感覚が戻ってくる。「**彼には自分がからだのどこかに居るという感覚があった。いまそのからだの頭部から彼は外を見ていたのだった。洞穴の垂直なアーモンド型の目を通して、彼は澄んだ、透き通った青い夜を見た。波打っていた。**彼は岩に頭を凭れさせ、深く息を吸った。彼は漂っていたが、目まいは去りつつあった。**世界は彼に対して姿を現し始めていた、まるで初めてのように、ガラスのように、うつくしく。宵闇とすべての生き物たちがひとつの律動に合わせて鼓動していた、彼の喉の動脈の中で脈打っていた。**」（209）この太字の部分を以下のように、波のように引用をして、書簡は終わっている。

He had the feeling of being somewhere inside the body
　　whose head he looked out from. Through the vertical

almond-shaped eye of the cave, he viewed a clean,
transparently blue evening.
Undulant.
The world began to present to him
as though for the first time, glassy and lovely.
The evening and all its creatures beat to a single pulse,
pounding in the arteries of his throat.

『痕跡』からの三つの断片がこの書簡にある意味について、またそれを締めくくる意味について、多言しなくてもいいだろう。小説はギャングの者らとの遭遇の場面を交えて、最終的には夫妻の再会とアメリカへの帰還によって終わるが、引用箇所を、ガンダーからエマソンへの応答の言葉として捉えたとき、それが何を意味するか。わたしはあえて言葉にしないことを選ぼう。

▼

ようやくガンダーの詩「エピタフ」に辿り着いたようだ。

二〇一七年四月十四日、ガンダーはわたし宛のメールに、この詩を添付して送ってくれた。メールには、次のような言葉があった。

二〇一五年、君はぼくにすばらしい手紙を送ってくれた。ゴーゾーとエマソンの関係についてのエッセイと一緒に。そこでエマソンに作用を受けた一篇の詩を書くように誘ってくれたね。……知っての通り、妻の死はぼくを完全にシャットダウンしてしまった。一年以上の間、ぼくは何も書けなかった。君の提案していた目的にはもう遅すぎるだろうけど、一篇の詩を同封する。この詩は、一見するとそうは見えないかもしれないけど、エマソンの日記の読書から導かれたものだ。もちろん、それはぼくの経験をフィルターにしてもいる。けれど、この詩の「きみ」はエマソンであり得るし、C・Dでもあるし、ぼくでもある、それに願わくば君でもね。使われている言葉の多くを示唆したのはエマソン、彼はもちろん短い年月のうちに妻と弟と息子を亡くしたひとだった。

詩を説明したり、解説したりすることはもとより〈野暮〉なことだ。そして根本的には不可能なことだ。だからガンダーが送ってくれた「エピタフ」については、ただ読んでもらえれば、それもできるなら翻訳ではなく英語で……と思う。だがそれで済ましたら、わたしは自分の応答責任が果たせないような気がしている。〈説明〉ではなく、もうひとつのテクストを自分がつくるというふうに書いてみよう。

「エピタフ」はおそらく「墓碑銘」のこと。第三連で「いまわたしが立っている場所／永世の者たちの玉座の並ぶ／その前で」とある、「永世の者たち」は死者で、詩人は墓の前にいると、とりあえず想像することが許される。

ガンダーがこの詩の言葉の多くを、エマソンの日記から採った、ないしはそれにインスパイアされて記したらしいという事実。だがこの詩の言葉・表現は、いくつかの古い言い回しを除けば、ある意味ではどこでも遭遇し得る文言でもあり、なによりフォレスト・ガンダーの詩に読み得るような言葉だ。エマソンのテキストのどこから、どの箇所をとってきているかを辿ることは、実際には不可能に近い。それはガンダーの意図にもおそらく叶っている。詩人自身が、ネタ元を辿るような詮索を望んでこの詩を書いたわけではない。詩の中の「あなた」がガンダーでもライトでも、わたしであってもいいと言うように、この詩の言葉も、エマソンのものであってもなくてもよい。むしろ、これらの言葉の群れはガンダーとエマソンのキアスム＝絡み合い＝交差の、そしてこのとき限りの婚姻の結果として綴られた。わたしに求められている応答は、これを単語レベルで解剖し、ばらばらの断片の元を辿ることによっては、きっと果たされない。

「エピタフ」の第一連と第二連でイタリック体で現れる文は、そこだけを取り出せばこうなる。

You existed me

As you would never again be revealed

斜字体になっているテクストは別の言語からの翻訳であるらしい。「そう書くことは、ただの／聾の訳し間違えではない」というのだから。とすれば、この文言は、死者の墓石に記されたエピタフ＝墓碑銘であると受けとられる。
"You existed me"という英語はもちろん文法的には破格な文だ。"exist"は他動詞ではないから。これは翻訳不可能なセンテンスで、"exist"が自動詞であることを活かさねば訳にならない。「あなたはわたしを存在した」というのは苦しい訳だけれどもおそらくはしかたがない。

「あなたはわたしを存在した」が「訳し間違い」でないとしたら、それはどういうことなのか。それこそ、この詩全体の受けとめを決定することだ。「あなたはわたしを存在させた」と言えば、文章は通りやすいが、それこそこの詩では「間違い」になる。としたら、おそらくこうなる。

あなたはわたしを存在させたわけではない、
わたしはわたしとして生まれたからだ、
それでもわたしが存在するのはあなたと出会ったから、
あなたがいたからこそわたしはわたしだった、
だからわたしの存在とあなたの存在は、
ふたりであるけれどふたりではない、
絡み合うようにひとつであり得たし、
そうだった。

“As you would never again be revealed” もまた訳しにくい。“as” が「だから」なのか、「ように」なのかが判然としないから。“reveal” は正体を明かすこと。「あなたが誰かはけっしてふたたび明かされることがないように」も「あなたが誰かはけっしてふたたび明かされることがないのだから」も有る。“would” が意志を示すなら、「あなたは自分の正体を二度とふたたび明かそうとしない」となるが、意志よりもこれから先の時間、もう死者になった者にもしその先があったならば、しかし実際にはそれはないのだ、というふうに受けとりたい。愛する死者の墓がある。そこに「あなたは」という語がある。それはまずは残された者の気持ちの表明として読めるだろう。その場合、死者が「あなた」だ。だが、墓の上の言葉が、死者の生前の言葉の刻印である可能性もある。或いはそうでなくとも、死者の側から言っている言葉を生存者が忖度して墓に刻んだということも……。としたら、死者は「わたし」として、墓の前に立つ者に「あなた」と呼びかけていることになる。実際にこの言葉の直後に詩人は、

あなたはわたしを見る
わたしが誰かはけっして
ふたたび明かされることがないのだから。

と言うのだ。いま、死者となった相手は、生き残ったわたしを見る。このとき「わたしが誰かは」の「わたし」は、まずは墓の中の死者の一人称だと受けとることができる。しかし、「わたし」は「わたし」だから、「わたしが誰かは」の斜字体の「わたし」もまた、詩人の一人称であるととることもできる。

愛し合って生きてきた者どうしが、いまはどうしても別れて離れていくしかない。生き残った者にとって、もはやこれ以降、いかなる未来においても、愛する相手が誰であるかを明かすことはない。それは同時に、死者の側から見ても、愛した生者が自分にとって誰であるかをもはや明かすことはあり得ないということでもある。"never again" は厳しく、苦しい言葉だ。

そこから「あなたはわたしを存在した」に戻るなら、要になるのは「存在した」という過去形だ。それがもはや現在形になることがないということ……。とすると「あなたが誰かはけっしてふたたび明かされることがないのだから」と訳したい気持ちになってくる。

「あり得る可能性の／擬似的な養分–誰が／それによって生きたというのか?」

この問いへの(可能性としての)答えは、「あなたが」だ。あなたはそう生き得た。

"the possible" は可能なものの次元、イデア的なよきものを潜在的に在るとみなす次元のことだ。「あなた」はただアクチュアルな現実に対応して生きただけではない。いつも、「可能であるもの」、いまここに現実にはないけれどいつもほんとうはあり得るものとの関係を保ちながら生きた。それを "semi-sustenance" として、「あなた」は生きたのではないか。「可能なもの」は現実を生き(させ)るための直接の「養分」にはならないのだから、「養分」というよりセミ–養分、養分に近いが養分ではないもの、擬似的な養分とでも言ってみるしかない。

前の連で「あの夢(the dream)」と言われていたもの、それを見るということが、「可能なもの」を擬似的な「養分」にすることでもあるだろう。日常の、現実の社会や世界は必ずしも〈善きもの〉ではない。そこに"some resilient design"(「復元する力のある意匠」)を、見なければならないというより、それを見出すことができていたのが、「あなた」だった(のではないか)。われわれは、或いはひとは、或いは生命は、〈壊れ物〉として在る。だが壊れっぱなしではないはずだ。(それはむなしい希望でしかないのか。)

傷や荒廃のあとに、resilient design を見出すこと。それはエマソンが「経験」においてしようとしていたことでもあった。"the possible"は養分になり得ること。それはエマソンが信じていたことだった。

自分のからだには「内部に蠢く動物」が棲んでいて、外の世界には「シアン化物質」が、「粗野な物質」が漂っている。そこにさえも、一つの"figuration of ourselves"(「わたしたちを映し出す形態の図形」)が見つけ出されねばならない。「ねばならない」のは、それが倫理的な課題だからだ。

それぞれが行為するそれぞれの行為は、「共通な存在の共同のみぶり(the collective gesture of a common existence)」。そうでなければならない。ここに現れる一語"common"こそが、エマソンとガンダーとの絆をつくる。エマソンの個としてのエクリチュール・書記行為は、ガンダーの孤独なみぶりである言語表現と common な存在を共有している。まずエマソンが、わたしのすることはエゴに妨げられない限りほかの人びとと common なものを表す、と言い、そしてガンダーが、自分の詩作はほかのひととの collective なみぶりでありあなたとの common な存在を表す、と言う。そうわたしは言おう。(わたしのこの文章、この言語行為もまた、エマソンとガンダーとの、collective なみぶりたり得ただろうか。そうなっていることを祈るしかない。)

だがもちろん、それより前に、そして最後に、ここでの「わたしたち」はガンダーと妻C・Dである。ガンダーと彼女とは、それぞれの詩作によって、響き合い、往還した。この「エピタフ」もまた、彼女の死後の、彼による collective なみぶりだ。最終連で現れる「廉潔（probity）」を受けとることのできるひとは、ただひとり、キャロリン・D・ライトだけだ。

Though you wore the
fullness of your life into
death, the probity
you were given to originate
outlives you.

（あなたはあなたの
生の充満を担って
死に至ったけれども、あなたが
物事を創始するために与えられた廉潔は
生き続ける、あなたのあとまで。）

Carolyn D. Wright January 6, 1949–January 12, 2016

〔付記〕

二〇一八年夏、ガンダーの新しい詩集『ともに（*Be With*）』が刊行された。そこに「エピタフ」が収録されている。そこにはエマソンへの言及はまったくなく、読者はこれを完全にガンダーの言葉の選択の結果として読むことになる。行分けが異なっている箇所もあるが、それ以上に、大きく書き変えられた部分があって、わたしに強い驚きをかきたてた。第四連と第五連が削除されている。そして最後の二連が以下のように変わっていた（15）。

While cyanide drifts
from clouds to
the rivers. And in this
too might be seen
a figuration
of the human,
another intimately
lethal gesture of our
common existence.

Though I also wear
my life into death, the

その間もシアン化物質が漂って
雲の中から川へと
流れていく。そしてこれの
中にさえも見出されねばならない、
人間であることの
形態の図形が。
わたしたちの共通の存在の
もうひとつの親密な
致命的な身振り。

わたしもまた自分の命を
死に至るまで運んでいくけれど

ugliness I originate
outlives me.

わたしが創始したみにくさは
わたしのあとまで生き続ける

◉ bibliography

Forrest Gander
Science & Steepleflower. New Directions, 1998.
Torn Awake. New Directions, 2001.
Eye Against Eye. New Directions, 2005.
As a Friend. New Directions, 2008.
Core Samples from the World. New Directions, 2011.
Eiko & Koma. New Directions, 2013.
The Trace. New Directions, 2014.
Be With. New Directions, 2018.
Forrest Gander & John Kinsella
Redstart: An Ecological Poetics. University of Iowa Press, 2012.
C. D. Wright
Steal Away: Selected and New Poems. Copper Canyon Press, 2002.
堀内正規
『エマソン　自己から世界へ』（南雲堂、二〇一七）

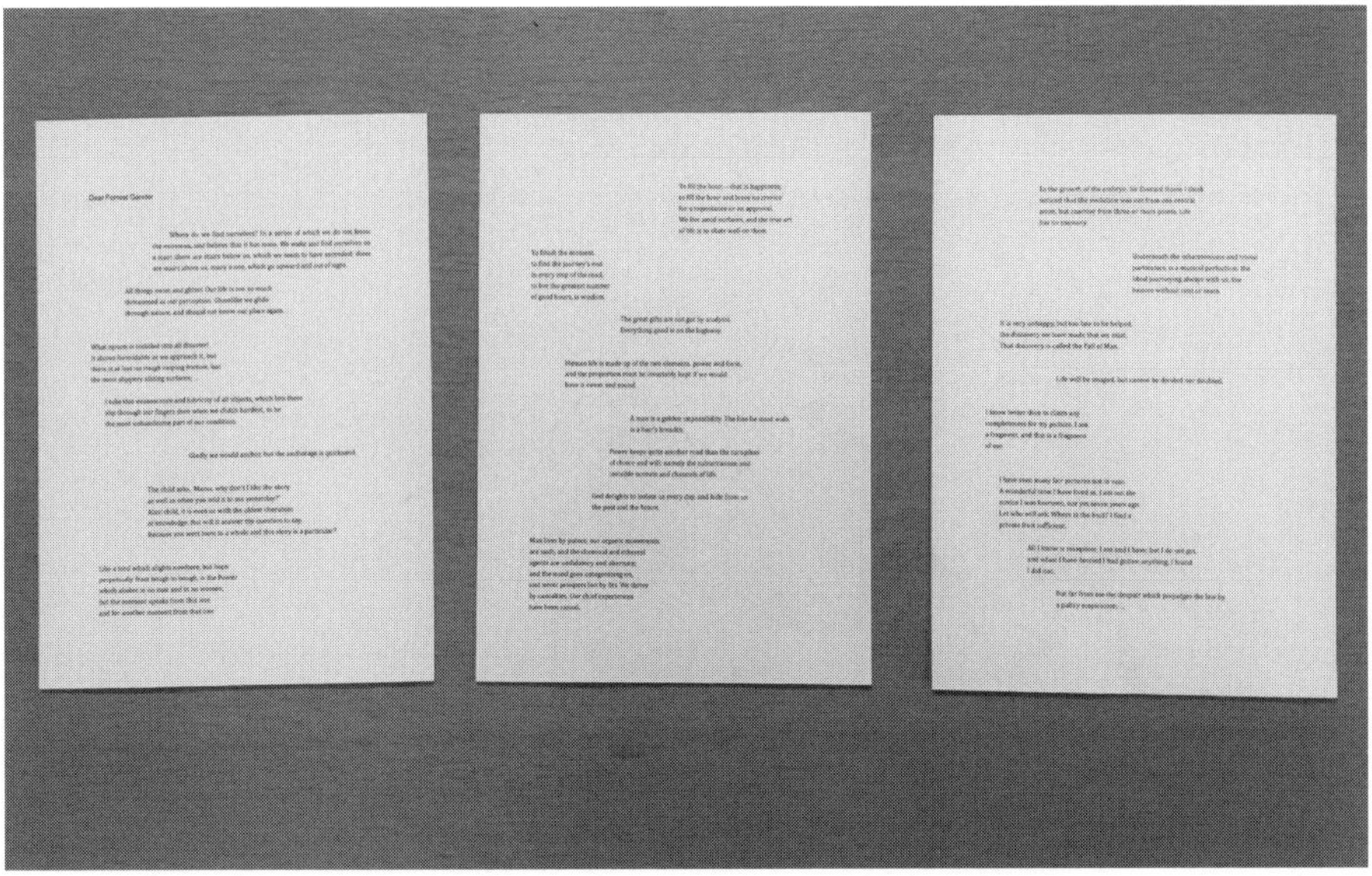

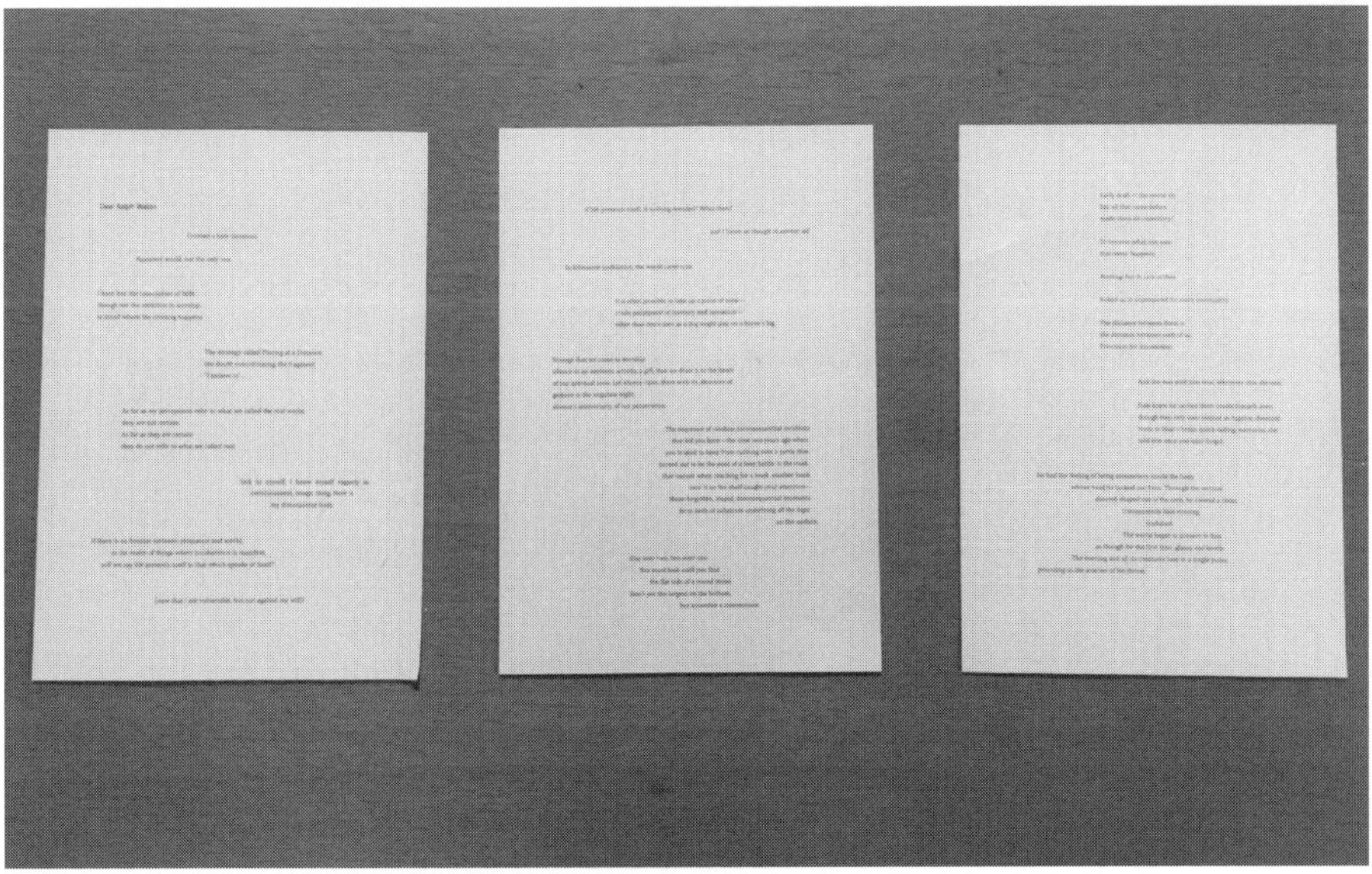

経験

（Experience）

ラルフ・ウォルドー・エマソン
（堀内正規　訳）

人生の主たち、人生の主たち——
かれらが通るのをぼくは見た、
それぞれ独自によそおって、
似ている者も似てない者も、
恰幅よかったり厳めしかったり、
〈慣習〉と〈驚き〉、
す速い〈継起〉と実体なき〈悪〉、
〈気質〉は舌を持たない、
そして遊びの発明者で
遍在していて名前がない——
見える者も推量でわかる者も、
彼らは行進した、東から西へ。
小さい人間が、一番些細な者が、
背の高い守護者たちの脚の間で、
まごついた顔つきで歩き回った。
いとしい自然は彼の手をとった。——
最愛の自然、つよくてやさしく、

ささやいた、「お前、気にしないで！
あすは彼らは別の顔で来るでしょう、
すべての創設者はお前！　彼らはみなお前の一族！」

わたしたちはどこに居るのだろうか。或る連続のなかに。その両端《りょうはし》はわたしたちにはわからないし端《はじ》などないように思える。目が覚めると自分がひとつの階段の上に立っているのがわかる。下を見ると幾つもの段が見えて、どうやらそれを昇ってきたらしい。上を見るとそこにも段が、それも沢山の段があって、上へ上へ、その先は見えない。けれども、古い言い伝えによればわたしたちが入っていく入口に立って、いままであった話を一切させないように忘れ河《レーテー》の水を飲ませるというあの守り神《ジニアス》は、盃の液体をあまりにも濃いものにしたので、わたしたちは昼間のいまになっても、眠気を振り落とすことができない。生きている間はずっとわたしたちの目元には眠りがとどまっていて、それはまるで樅ノ木の繁った枝のなかでは、一日中、夜が漂っているようなものだ。あらゆる事物が浮かびちらつく。わたしたちの生は、わたしたちの知覚ほどには脅かされはしないものだ。幽霊《ゴースト》のようにわたしたちは自然のなかを滑り動いてゆき、自分の居た場所を二度と再び知ることはない。わたしたちは自然界で、はたして窮乏と倹約の状態に生まれつくのだろうか。自然がおのれの炎をあまりにも出し惜しみするのに大地は惜しみなく与えるために、また自分には積極的に生きる原理が欠けていて、健康と理性には恵まれているのに、もはや新しい創造《クリエーション》のための熱意も持っていない、というのだろうか。わたしたちは生きて一年を生き延びるのには充分なものを持っているけれど、分け与えたり授けたりする力は少しも残っていないというのか。ああ、わたしたちの守り神《ジニアス》がもうちょっと天与の才《ジニアス》を持っていたらいいのに！　わたしたちはまるで、上流の工場が水を使い果たしたあとの、小川の下流の粉屋のようだ。上流にいる人たちがきっと川を堰き止めてしまったのだと、わたしたちも空想している。

　もしわたしたちの誰かが、知るべきときだと思えるときに、いま自分が何をしているか、或いはどこへ向かっているかがわかっていたならば！　今日わたしたちは自分が忙しいのか暇なのかを知らないでいる。怠けているように思うときに、実は多くのことが成し遂げられていたり、自分の内で始まっていたりしたと、あとになってみて発見することがある。わたしたちが過ごすすべての日々は、それらが過ぎていっている間はとても実りないものなので、わたしたちが智恵とか詩とか善とかと呼ぶものの何かを、ちょっとでも手に入れていたときと場所があったというのは驚きである。それを得たのはけっしてカレンダーではっきりわかる日付けの日ではない。天上的な何日かはどこかに挿し挟まれていたようだ。ヘルメスが〈月〉の骰子で勝ってオシリスが生まれたときのように。よく言われることだが、あらゆる殉教はじっさいに苦しまれているときにはみすぼらしく見える。あらゆる船は自分がそれに乗るとき以外は、ロマンチックな対象だ。ロマンスはいざ乗船すると船から消えて、水平線に浮かぶあらゆる別の船の上に漂う。日々の暮らしは取るに足らぬものに見えて、それを記録に残すことをわたしたちは避けてしまう。ひとはどうやら、地平について、それが永遠に退却し別のものを指し示すような技を、学んだらしい。「あの向こうの高地は豊かな牧草地だ、隣人は肥沃な草原を持っている」と或る愚痴っぽい農夫は言う。「それなのに俺の耕地は、なんとか浮世を守っていけるだけだ。」わたしが他のひとの言葉を引用すると、不幸なことにその者も同じように引き退がって、わたしの言葉を引用する。今日《こんにち》こんなふうに堕落してしまったのは、自然の策略なのだ。騒音はたっぷりあるが、成果は不思議にもどこかに消えてしまう。あらゆる屋根は目に心地いいが、それも屋根が取り外されるまでのこと。そうなればそこには悲劇があり、嘆く女たちと無慈悲な夫たちがいて、忘れ河《レーテー》の洪水があり、男たちは「何かニュースはないか？」と、昔のことはとてもひどいものだとでも言うように尋ねてくる。社会のなかに個人といえるような個人がいったい何人数えられるか、行動といえる行動が幾つあるか、傾聴に値する意見がどれほどあるか。わたしたちの過ごす時間はあまりにも何かの準備、ルーティンの行為、過去の回顧に費やされているので、それぞれのひとのジニアスはきゅっと収縮してごく僅かなひと時だけになってしまっている。文学の歴史――ティラボスキ、ウォートン、シュレーゲルら[1]の正味の成果――は、ごく少しの概念とごく少しのオリジナルな話に限られ――残りのすべてはそれらのヴァリエーションにすぎない。つまりはわたしたちを取り巻くこのひろい大いなる社会において、批評的な分析眼が見出す自発的な行為は、きわめて少ない。ほとんどは習慣と粗雑な分別なのだ。会話となればさらに優れた意見はまれで、話し手においては有機的なものに見えはしても、普遍的な必然性を揺るがすようなこともない。

あらゆる災厄にどんな阿片が滲み込まされていることだろう！　わたしたちがそれに近づいてゆくときにはすさまじいように見えても、最終的にはそこにどんなざらついた軋むような摩擦もなくて、ただ最もあてにならない滑りやすい表面があるだけなのだ。わたしたちはそっと思いつく、女神はやさしいのだと[2]。

「人びとの頭上高くを歩くもの、
やわらかい足裏でそっと踏んでゆく。」

嘆き悲しむ人びとがいる。けれども彼らがいう半分ほどもじっさいは悪くはないのだ。わたしたちが苦しみに言い寄るような気分が存在する。ここでならば、少なくとも、わたしたちはリアリティを見出し、真実の鋭い切っ先や尖った角に出会えるだろうと期待して。だがそれも舞台の書割、模造品だったとわかる。哀しみがわたしに教えた唯一のことは、それがいかに浅いものであるかということだった。それもほかのすべてと同じく、表面でゆらめき、けっしてわたしをリアリティに導くことはない。それと接触ができるものなら、わたしたちは息子たちや恋人たちといった高価な代償を支払うつもりさえあるというのに。身体というものはけっして触れ合うことがないと発見したのはボスコヴィッチ[3]だっただろうか。たしかに魂は対象に触るということがない。航行不能の海が、わたしたちとわたしたちが狙いをつけて交流する事物との間を、波で洗っている。哀悼のかなしみさえもわたしたちをイデアリストにする。もう二年以上前、わたしの息子の死に遭って、わたしは美しい地所のひとつをうしなったかのように感じられる——だがそれだけだ。わたしはそれをそれ以上わたしに近づけることができない[4]。もしもあした、わたしが自分の主要な借り手の破産を告げられたとしたら、財産の喪失はその後何年にもわたっておそらくわたしにとって大きな不都合になるだろう。でもそれも、わたしがいま在るがままのわたしを残すだろう。——いまよりもよくも悪くもならずに。息子の死という災厄もそれと同様だ。それはわたしに触ってこれない。自分の一部だと思いなしてきたもの、わたしを壊すことなしには引き裂かれないはずのもの、或いはわたしを豊かにせずには拡大されなかったもの、それはわたしから剥げ落ちてゆき、なんらの傷痕も残さない。それは木の葉のように落ちて行った。わたしはかなしみがわたしに何も教えず、リアルな世界に一歩も近づけてくれないことをかなしむ。風も雨もその者には当たらず火もその者を焼かぬという呪いを受けたというインディアンの話は、わたしたちすべての予型である。かけがえのないできごとは夏の雨、わたしたちはそのあらゆる雨粒を払う雨合羽だ。もうわたしたちに残されているのは死だけで、そこでなら少なくとも、わたしたちを避けることのないリアリティがあるのだと言いながら、わたしたちは厳しい満足を感じてそれに目を向けるのだ。

あらゆる事物のこのはかなさと捉え難さ、わたしたちが最も強く握りしめているときにこそ指の間からそれらが零れ落ちてしまうこの状態を、わたしは、わたしたちが置かれた状況の最も不愉快な部分だと考える。自然は観察されることを好まず、わたしたちみなが彼女にかつがれて遊び相手になることを好む。クリケットボールのための空は持っていても、哲学のための漿果は一粒もない。直接の打撃をおこなう力を自然はけっして与えてくれず、すべての打撃は掠めてしまい、すべての的中は偶然である。わたしたちの互いの関係は斜めの、偶然のものだ。

夢から夢へ、わたしたちはわたされてゆく、そして幻影には終わりがない。人生はひと連なりの気分で、糸に通されたビーズのようだ。ひとつずつ通過してゆくと、それらが世界をそれぞれの色で描き出す多色のレンズだと判る。ひとつずつはただそのフォーカスのなかにあるものを示すだけだ。山の上からはまた山が見える。わたしたちはできるだけ命を吹き込み、ただ自分が命を吹き込んだものだけを目で見る。そこに夕陽を見るかすばらしい一個の詩を見るかは、ひとの気分しだいだ。夕陽はいつでも存在したし、詩を生む才もいつも存在した。だがわたしたちが自然や美の批評を味わうことができるほどの晴朗な時間はごく僅かしかない。その多寡は心の構造或いは気質に依存している。気質はビーズが結ばれる鉄線である。冷たく不完全な自然にとって、幸運や才能がいったい何の役に立つだろう。示された或る時にひとが抱く感受性や識別力を誰が気にするだろう、もしも彼が椅子のなかで眠り込んでしまうとしたら、或いは彼が笑ってくすくすいうとしたら、或いは彼が詫びてばかりいるなら、或いはエゴイズムに汚染されてしまうならば、或いはドルのことを考えていたら、或いはご飯を抜くことができなかったら、或いはまだ青年のうちに子どもをつくってしまったら。天与の才《ジニアス》にどんな意味があるだろう、もし彼の眼の器官の凹凸の具合がすぎて、人間の人生のアクチュアルな地平の内側で焦点距離を合わせることができなかったら。彼の脳にどんな意味があるだろう、もしそれが熱すぎるか冷たすぎるかして、ひとが充分に結果を気にすることができず、実験のためのちょうどいい刺激を与えられず、彼をしっかり立たせておけないとしたら、或いは細胞膜が繊細に織られすぎて、快や苦痛に反応しすぎて、刺激の受容のしすぎから適度なはけ口を持てずに生が停滞してしまったら。改心のヒロイックな誓いに何の意味があるだろう、もし老いた法破りがそれをするのだとしたら。宗教的な感情がどんな慰めを生むだろう、それがじっさいは季節の作用や血液のめぐりに密かに依存しているのだとしたら。ウィットに富んだ或る医者を知っているが、胆汁の導管を信奉している彼は、肝臓に病があればその男はカルヴィニストになり、その器官が健康ならばユニタリアンになるとよく主張していたものだ。不都合なんらかの過剰や無能がジニアスの見こみを骨抜きにするというしぶしぶの経験は、とても屈辱的なものである。若者たちがわたしたちにあたらしい世界の可能性を貸しのように示してくれて、彼らの見こみはとてもたしかで気前よいものだったのに、結局は負債を返済することがない。若くして死んで勘定をしないままだったり、或いはもしも生きていても群衆のなかに紛れてしまう。

気質はまた幻影の体制に深く入り込み、わたしたちを見えないガラスの監獄に閉じ込める。わたしたちが出会うすべてのひとに視覚的なイリュージョンが纏わっている。真実のところ、彼らはみな予め決まった気質を与えられた存在で、所与の性格をもって現れて、自らの限界をけっして越えることがない。しかしわたしたちが見ると、彼らは生きているように見えて、わたしたちは彼らのなかには自発的な衝動があると思ってしまう。瞬間で捉えればそれは衝動だが、一年、更には一生涯で捉えれば、それはオルゴールの回転円筒が演奏しているに違いない或る種の一定の調べだったと判る。ひとは朝には結論に抗い、夜が更けるにつれてそれを採用して、気質は時間、空間、条件のすべてにまさり、宗教の焔によっても焼き尽くせないものだと考えるようになる。道徳感情のいくつかの改変がひとを感心させるのに役立つにしても、個々人の織地が支配をかちとる。道徳的判断を偏らせることはないとしても、活動と享受の大きさを決めてしまう。

　こうしてわたしは法則を日常生活の平面から読まれる形で表現してきた。しかし重要な例外を見落としたままで終わるわけにはいかない。というのも気質とは、誰も自分以外の他人から褒め言葉を聞きたいとは望まないような或る力だからだ。物理学の平面に立てば、わたしたちはいわゆる科学と称するものの、可能性を縮めるような影響に抗することができない。気質はあらゆる神性を敗走させてしまう。医師たちの心理的な傾向をわたしは知っている。骨相学者の含み笑いも聞いている。学理を用いる誘拐者や奴隷監督者たちがいる、彼らは個々人を他の人間の犠牲者のように見なす。彼らはひとの存在の法則を知っていることによって、ひとをまるで指のまわりでくるくるするようにふるまう。それも顎鬚の色とか後頭部の傾斜とかといった安っぽい標識を使って、ひとの行く末や性格の明細目録を読み上げるのだ。最も無教育な無知でさえ、この無遠慮な訳知り顔ほど嫌悪を惹き起こさない。医師たちは自分たちは物質主義者ではないと言うが、じっさいはそうなのだ。――精神《スピリット》は極限まで薄くされた物質であると言う。おおこんなにも希薄に！――だが「精神的《スピリチュアル》」の定義とは、それ自身がそれ自身の証拠であるものだ。どんな概念を彼らはあてはめることか！愛に、そして宗教に！彼らの聞こえるところでそれらの言葉を声に出して、彼らにそれを汚す機会を与えようとは、誰も思わない。かつてわたしは、或る慇懃な態度の紳士が自分の会話を、話し相手の頭部の形態に合わせておこなうところを見たことがある！わたしはそれまで、人生の価値はその測り得ない可能性にあると想ってきた。あたらしく出会った個人に話しかけるとき、自分の身に何が起こるかをけっして知ってはいないという事実にあるのだと。わたしは携行している自分の城の鍵束を、いつでも自分よりえらい者の足元に投げ落とす心の用意ができている、その者がいつ、またどんな仮装を身に着けて到来したとしても。

その者は近隣に居る、放浪者たちの間に隠れている。わたしは彼より高い椅子に座って自分の会話を相手の頭蓋の形に親切に合わせてやることで、わたしの未来の可能性を阻むべきなのだろうか。その話になると、医者たちはわたしをはした金でまるめ込んで言う――「しかしですね、医学の歴史というものがあります。「学会」の報告書が、証明ずみの事実が！」――わたしはそんな事実と推断はお断りだ。気質はひとの組成における拒否権ないしは制限力であり、とてもふさわしく用いられた場合は組成のなかで対極が過剰になるのを防いでくれる。けれど不合理な形で用いられれば本来のひとの公平さを妨げてしまう。善が現前するとき、それより劣った作用力は停止する。それ自体のレベルでは、また自然を視野に入れれば、気質というのは窮極のものだ。もしひとがいわゆる科学なるもののこの罠にかかってしまったら、物質的必然性の鎖の環から逃れる術はみあたらない。特定の胚を与えると、特定の進行が続いてゆく。この平面では、ひとは感覚論の豚小屋に住むことになり、そのうちに自殺したくなるだろう。しかし、クリエイティヴな力を排除することはできない。どんな知性のなかにも、けっして閉ざされることのないドアがあって、創造主がそこを通って入ってくる。知性が絶対的真理の探究者として、或いは心が窮極の善の愛好者として、介入してわたしたちを助けてくれる。それらの高いパワーの一声のささやきにもわたしたちは、目覚めてこの悪夢との無益な格闘から解き放たれる。そんなものはそれ自体の地獄に投げ込んで、もう二度と自らを縮めてこんなに俗な状態に陥ることはなくなるだろう。

生の幻影性の秘密は、気分ないしは対象が継起してあらわれるしかないという事情に存する。わたしたちはよろこんで碇を下ろしたい。けれども投錨地は流砂なのだ。自然界のこの先へ先へと進める策略は抗しようにもあまりにつよい。「それでも地球は動く。」夜わたしが月や星を見るとき、自分は止まっているように思え、空が急いでいるように見える。リアルなものへのわたしたちの執着は永続へとわたしたちを惹き付けてゆくけれど、肉体の健康は循環に存在し、精神の正気は連想の豊かさと容易さにこそある。対象が次々変わってゆくことが必要なのだ。同じ思考に自らを捧げ続けていれば、すぐに不快になってしまう。わたしたちは狂人たちと同居して、彼らの機嫌をとらねばならなくなる。そうなれば会話は消えてしまう。或るときわたしはモンテーニュにほんとうに愉悦を見出したので、もうほかの書物などいらないと思ったことがある。その前には、シェークスピアでそう感じた。それからプルタルコスにも、プロティノスにも、或るときはベーコンに、その後にはゲーテに、ベッティーナ(5)にさえも。けれどいまのわたしは、彼らの才能をいつくしむ気持ちはあっても、そのどのページも物憂げにめくるだけだ。絵画についても同じことがいえる。どの絵も一度は強い注意を惹き付ける、がそれを持続させることはできない。同じよろこびを続けたい気持ちはあるのに。絵画について、これまでどんなにはっきりと感じてきたことだろう、ひとつの絵をじっくり鑑賞したあとでは、暇乞いをして、もうそれを見ないだろうと。絵画からよい教訓を多く得ることはあっても、わたしはその後それを感動や注目なしに見たものだ。あたらしい書物やできごとについて、賢者が表明する意見であっても、そこからも割り引いて受けとめねばならない。その意見は表明する者のそのときの気分の知らせになり、その新奇な事実のぼんやりとした推測にはなっても、彼の知性と対象物との永続的な関係を、信頼することはやはりできない。子どもが尋ねる、「ママ、どうしてぼくはきのう聴いたときみたいにこのお話を好きになれないの?」ああ、子どもよ、最も知識豊富な智天使でさえ同じなのだ。けれどこう言えば答えになるだろうか、「なぜならお前は〈全〉のために生まれたからで、このお話は部分だからだよ」と。この発見がかき立てる痛みは(その後芸術作品と知性に関しても同じ発見をするのだが)、悲劇の嘆きなのだ。この発見から呟かれるその嘆きは、人間についても、友情と愛についても発せられるのだから。

芸術に見出されるこの無感動と弾力性の欠如を、わたしたちは芸術家のなかにも痛みとともに見出す。人びとの内にはあらたな展開の力がない。わたしたちの友人たちは始めのうち或る種の観念を代表する者として現れる。それを彼らは抜いたり越えたりすることがない。思考と力の大海の汀に立っているのに、そこに到達するためのほんの一歩も彼らには踏み出せない。ひとはラブラドライト石のひとかけらのようなものだ。ふつうに手に取って見ても何の輝きも見えないが、或る決まった角度から見ると光って見え、深いうつくしい色を発するのだ。人間には順応や万人のための適応性は欠けているが、それぞれのひとは特別な才能を持っている。だから成功者たちの卓越性は、ひとえに自らが光る順番が最も頻繁に来るようなときと場所とに、如才なく身を持することにかかっている。わたしたちは自分にできるだけのことをして、それを好きなように一番よい名前で呼ぶ、その上であとに続く結果を予め狙っていたという賞賛を得ようというのだ。ときには過剰になるようなことがまったくない人間の姿というものを、わたしは思い出すことができない。だがこれは憐れむべきことではないのだろうか。人生は、ごまかしをやるなら、生きるにたりない。

もちろん、わたしたちが求めるシンメトリーを生むには、社会全体が必要になる。分色された円盤が白になるにはとても速く回転しなければならない。あり余る愚行と欠点に通じることによっても、たしかに何かを学びとることはできる。要するに、負けるのが誰であっても、わたしたちはいつも勝つ側にいるということだ。神性はわたしたちの失敗や愚挙の背後にも潜んでいる。子どもの遊びはナンセンスだが、とても教育的な無意味なのだ。同じことが最も大なるもの、最も厳粛なことについてもいえる。貿易、政府、教会、婚姻についてもいえて、すべてのひとの日々の糧の歴史、それをどうやって得たかのやり方についても同様なのだ。どこにも留まらず絶え間なく枝から枝へと飛び移る鳥のように、〈力〉はどの男にも女にも滞留せず、ある瞬間にはこの者から、別の瞬間にはあの者から声を発する。

だがそんな美辞麗句や衒学が何の役に立つというのだろう。思想が何に役立つというのか。人生は観念の遊戯ではない。思うに、近ごろわたしたちは、批評の無益さについては充分に学ぶことがあったはずだ。若い人びとは労働と社会改革に関して沢山のことを考え書き記してきた。けれどそうした言論の結果、社会も彼らも一歩も進んではいない。人生を知的に味わうことは肉体の活動を凌ぎはしない。パンのかけらが喉を通るときの味のよさをあれこれ考えていたら、ひとは飢えて死ぬだろう。教育農園では生活の最も高貴な学説が最も高貴な若い男女の人びとを支配していて、彼らはとても無力で憂鬱だったものだ。(6) 重い干し草をかき集め放り上げるのにも、馬の体をこすって拭くのにも、それは役立たなかった。若者たち娘たちは青白い顔をして相変わらず空腹のままだった。或る政治演説家がわたしたちの集団の約束を西部への道に擬えたのは気の利いたことだった。始めのうちその道は、両側に樹々が植わっていて堂々たる様子で旅人を誘うけれど、やがてどんどん細くなっていき、栗鼠の走る跡にまでなって、一本の木を駆け上がって終わるのだと。文化についても同様のことがいえて、それは頭痛で終わる。数か月前に時代の可能性の輝きで目をくらまされた者たちにとって、人生は言いようもなくかなしく無駄なものと映るだろう。「もうこれ以上は正しい行動の道筋はなく、イラン人たちの間にもどんな自己犠牲も残されていなかった。」(7) 異論も批評もわたしたちはさんざん味わった。人生と行動のあらゆる進路に対して異論が出る。実用的な知恵が仄めかすのは、異論の遍在性に対して無関心であれということだ。ものごとの枠組み全体が無関心を勧めている。思考の営みに熱中するな、どこでもその場で自分のやることをやればいい。人生は知性的でも批判的でもなく、たくましいものなのだ。その主要な価値は、自分が見つけたものは何でも疑問を持たずに楽しめる、ひろく交わった人びとのためにある。自然は覗き見されるのを嫌い、母親たちがこう言うとき、ほんとうに本気で言っていたのだ、「子どもたち、自分の食べ物を食べて、文句を言わないのよ」と。いまというときを満たすこと、――それが幸福だ。ときを満たして後悔や他人の承認のための裂け目など一切残さないこと。わたしたちは幾つもの表面の上を生きている。そして人生のほんとうの技《アート》はそれらの上を上手に滑ってゆくことなのだ。最も古く黴臭いしきたりの下でも、生まれつきの力を持った者は最もあたらしい世界のなかに居るのと同じようにさかえる。操りと扱いの手際によってそうなれる。彼はどんな場所にでも場を持つことができる。人生そのものは、力と形との混合である。そのいずれかが少しでも過剰になることに耐えられない。この瞬間を終わらせること、道の途中のすべての歩みにその旅の終わりを見出すこと、よい時間をなるだけ沢山生きること、それが知恵だ。人生が短いからといってそんなに短い期間なら欠乏のなかでのたうとうが贅沢に暮らそうが気にするに値しないと主張することは、ふつうの人びとのすべきことではなくて、狂信者か、或いはお望みなら数学者が言うことだ。わたしたちの仕事は瞬間に関わることなので、その一瞬一瞬を耕せばいい。今日という日の五分間は、来たる千年王国の五分間とまったく同じくらいわたしには価値がある。今日ここで、落ち着いてかしこく自分自身であろう。出会う男たち女たちをよく扱おう。彼らがほんとうにリアルなものだとして遇しよう、たぶん彼らはそうなのだ。ひとは空想のなかで生きている、自分の手があまりにもやわらかくて震えているために上手に労働ができない飲んだくれのように。空想の暴風雨が吹き荒れていて、わたしにわかる唯一のバラストは現在という瞬間への尊重である。懐疑の翳を持たないで、見せかけと政治の眩暈の只中でも、わたしは次のような信条のおかげで一層落ち着いていられる。わたしたちは先送りせず頼らず願わず、ただ、いま自分がいるところで、わたしたちが関わる誰とでも力を尽くして、いかにみすぼらしくても嫌になっても、目の前の同伴者たちと状況とを受け入れることだ。それが、宇宙がわたしたちのためにその全体のよろこびを伝えるようにと遣わした、ふしぎな使者なのだ。もし彼らがいやしく悪意ある者だとしても、彼らの満足は正義が勝利すべき最後のものとして、詩人たちの声とすばらしい人たちの共感よりも、一層満ち足りた響きを、わたしたちの心にもたらしてくれるだろう。思うに思慮深いひとがたとえどんなに周りの人間たちの欠陥や愚かさに苦しむとしても、彼が彼らの誰に対しても特別な長所を感じる気持ちはないと言うとしたら、それは気どりというものである。がさつな者や浮薄な者には、他人への共感はなくても、卓越を感じとる本能があり、盲目的できまぐれなやり方ではあっても、他人が秀でていることを心からの賛辞で崇めるものだ。

立派な若者たちは実人生を侮っている。けれど消化不良に陥らず一日がしっかりと充実したよきものであるようなわたしやわたしと共にある者たちにおいては、冷笑的な顔をしたり話のわかる仲間を大声で呼び求めたりすることは、洗練や教養が過ぎることである。共感によってわたしは少しばかり熱心で感傷的になってしまったが、わたしのことは放っておいてほしい、そうすればわたしはありとあらゆる時間のよきところを味わわねばならなくなる。過ぎゆくひとときがわたしにもたらすものを、その一日のあり合わせの料理を、ホテルのバーで交わされる昔ながらの社交話と同じように心ゆくまで味わうだろう。わたしは小さい恩恵にも感謝する。かつてわたしはある友人と話をしたことがあったが、彼は、宇宙のあらゆるものごとに期待をかけて何かが最上のものでないとがっかりする人間だった。そのときわたしは、自分が彼の対極から出発する者だとわかったのだった。何も特別なことは期待せず、いつも並のよきことに心から感謝の念を抱く人間だと。わたしは諸々の傾向ががらんがらん、じゃらじゃらと対立して鳴動してもそれを受け入れる。飲んだくれにも退屈なひとにも価値を見出す。彼らは瞬時に消えゆく流星の出現でさえもそれなしでは済ませられない周辺の光景に、現実味を与えてくれる。朝目が覚めるとわたしはいつもながらの世界を発見する、妻と子と母を、コンコードとボストンを、いつもながらの大切な精神的な世界を、そしてそこにはいつもながらの悪魔さえも遠い存在ではない。もしもわたしたちが何の疑問も繰り出さずものごとのよきことを受けとれるなら、わたしたちは山ほどの物差しを手に入れられるだろう。すばらしい贈り物は分析することでは得られない。よいことはどれでも、みなが通る道《ハイウェイ》の上にある。わたしたちの存在の中間の領域は温暖なゾーンだ。わたしたちは純粋幾何学と生気のない科学の空気の薄い寒冷な領土まで登っていけるし、官能の領域にまで沈み込むこともできる。その両極の中間に、生と思考と霊《スピリット》と詩の赤道がある——それは細い帯だ。そのうえ、人びとの経験によれば、すべてよきものは大通り《ハイウェイ》にある。収集家はプサンの風景画やサルヴァトールのクレヨン画を求めてヨーロッパの画商を探し回る。けれどもキリスト変容図も最後の審判も聖ヒエロニムスの聖体拝領図も、そしてそれらと同じように超越的な美も、すべてヴァチカンやウフィッチやルーヴルの壁の上にあって、どんな馬丁でもそれを見ることができる。あらゆる通り、あらゆる日の朝陽や夕陽のような自然の絵画については言うまでもないし、人体の彫刻も欠けるところがない。最近或るコレクターはロンドンのオークションで一五七ギニー出してシェークスピアのサインを購入したが、一文も出さなくても学校の生徒は『ハムレット』が読める。そしてそこに未だに公けにされていない最高に重要なことがらの秘密を、見つけられるかもしれない。わたしはこれからは最も知られた書物以外は読まないことにしよう——聖書、ホメロス、ダンテ、シェークスピア、ミルトン。そうするとわたしたちは、それほどまでに公けになった人生やできごとに我慢できなくなって、人の目のない場所や秘密を求めてあちこちを走り回ることになる。そんなとき想像力はインディアンや猟師やハチミツ獲りの山林技術によろこびを感じるだろう。わたしたちは新参者《ストレンジャー》で、彼らほどには、また野生の生き物や野鳥ほどには、この惑星にくわしく交わっていないと思うだろう。けれど彼らもまた局外者であることを免れないのだ。山登りに長けたもの、飛ぶもの、滑るもの、翼あるものと四つ足のものもそうなのだ。狐とウッドチャック、鷹と鴫、サンカノゴイも、近くで見れば、ヒト以上には深い世界に根を張ってはおらず、やはり同じくらい地球の表面の住人なのだとわかる。更に言えば、あたらしい分子哲学は原子と原子の間に天文学的な隙間があることを示し、世界はすべて外側であり、内部はまったく存在していないことを示すのだ。

　中間―世界こそ一番よい。わたしたちが知る限りでの自然は、けっして聖人ではない。教会の灯も、禁欲主義者も、ヒンドゥー人も貧者も、自然は分け隔てをしない。自然は物を食べ、飲み、罪を犯しながら来る。自然のお気に入りである偉大な者、強者、うつくしい者らはわたしたちの法則の子ではなく、日曜学校からは出てこない。何を食べるか重視しないし几帳面に戒律を守らない。もしわたしたちが自然の力で強くなるなら、わたしたちは他の国から借りてきた道徳観のような陰気な良心を、胸に抱かないだろう。わたしたちはつよい現在形を、過去のそして未来の怒りの騒音に抗して、打ち立てねばならない。最初に決めねばならない重要事に属するとても多くのものごとが、まだ決まっていない。それを未決にしたままでわたしたちは現状のまま生きている。貿易の公平性について議論が起こって以来、一、二世紀もの間決着がつかないで、新世界と旧世界は交渉し続けてゆくだろう。著作権法と国際著作権法が議論されるが、その間にも、わたしたちは売れるだけ本を売るだろう。文学の便宜や文学の理由、思想を書き記すことの適法性が疑問に付される。賛否いずれの側でも沢山の言うべきことあり、闘いが熱く燃え上がるけれど、親愛なる学者のあなたは、あなたの愚かな職務に忠実であれ。毎時間一行を足して、合間合間に一行ずつ書いていけばよい。土地所有の権利、財産の権利に異議が唱えられ、集会が招集されるけれど、評決がおこなわれる前にあなたの庭を耕しなさい。稼いだ分を拾得物か授かり物として高貴でうつくしい目的のために使いなさい。人生それ自体はひとつの泡、一個の懐疑、そして眠りのなかのひとつの眠りだ。それを認めよう、それも彼らが望むように認めよう――だがお前、神の愛する子よ！　お前の秘めた夢に心をかけよ。軽蔑や疑いのなかでお前が失われることはない。そんなものは沢山だ。自分の部屋にじっとして、弛まずはげめ。やがて他の者らがそれを見てすべきことをするように同意するだろう。彼らいうところのお前の病、お前のちっぽけな習慣は、これをしろ、これをするなと要求してくる。けれども知っていればいいのだ。お前の生はつかのまの状態、一夜の幕屋、だから病気でも健康でも、与えられた仕事をやりとげるだけだと。たとえ病を得ても、これ以上に悪くはならない。そして宇宙は、お前の存在をしっかり保ってくれていて、いまよりよくなってゆく。

人間の生はふたつの要素から成り立っている。力と形だ。もしも生をかんばしくすこやかにしたいなら、ふたつの釣り合いは変わらず守られねばならない。どちらかの要素が過剰になると、それがなくなるのと同じほどひどい害を生み出す。あらゆるものが過剰に成りゆく。あらゆるよき性質も、もし混ざり気のないままならば、有毒になる。危険を破滅の淵にまで運ぼうと、自然は各人の特殊性をあり余らせようとする。ここ、農場において、わたしたちは学者というものをこの裏切りの実例として挙げることができる。彼らは表現において自然の犠牲者なのだ。あなたは、芸術家、弁論家、詩人をあまり近くから見ていると、彼らの人生も機械工や農夫と変わらず褒められたものでないと気づく。彼らもまた偏りの犠牲者で、とてもうつろで棘々していて、自分を落第者だ――英雄などではなくいかさまだ――と宣言して、これらの技はひとの為す能わざるもの、疾患のようなものだと、とても理にかなった結論を下したくなる。だが自然はきみの話を裏書きしないだろう。抵抗できない自然はたしかにひとをそんな存在にするし、それも毎日、多数の者たちをそうしている。あなたは少年が本を読んでいるのを見るのが好きだろう、デッサンや鋳造物を眺めている姿が。けれど、それらの数の読書と美の鑑賞をしている何百万もの子どもたちは、作家や彫刻家に成り始めている者たちでなくてなんだろうか。いまものを読み対象を観ている性質をもう少し増やしてみればいい。すると彼らはペンと鑿を手に取るだろう。かつて自分がどれほど無邪気に芸術家に成り始めたかを思い出すと、ひとはいま自然が自分の敵の側に加わっていると感じとるだろう。ひとりの人間は金色の不可能性なのである。彼が歩かねばならない線は、髪の細さしかない。賢者も知恵の過剰を通して愚者になる。

運命がそうさせるならば、わたしたちはどんなにするするとこれらのうつくしい限界を守り続け、既知の原因と結果の王国の、完璧なる計算にきっぱり最後まで、自らを合わせ続けることだろう。街なかで、また新聞のなかでは、人生はあまりにも明白な用向きなので、あらゆる有為転変を通じて、男らしく決断し掛け算表にしがみつきさえすれば成功が約束される。けれど、ああ！　いつか天使のささやきとともに或る一日がやって来る――或いはほんの半時間かもしれないが――国々と過去の年月が下した結論が覆されるときが！あすになれば再び、すべては現実味を帯び角張って見えるようになり、いつもの基準が復権し、常識が天才と同じほど珍しいものになり――天才の基礎になり、そして経験があらゆる企ての手足になる。――だがしかし、この理解の上に仕事を為す者は、間もなく行き詰まることになるだろう。力《パワー》は選択と意志の道の通行料金所とはまったく別の道を通る。すなわち、地下の目に見えない生のトンネルと水路を通る。わたしたちがただ外交官とか医者とか慎重な人間とかであるというのはばかげたことだ。そういう人たちほどの間抜けもいない。人生は驚きの連なりである。もしそうでないならば生きるにも生き続けるにも値しない。神はわたしたちを毎日隔離して、過去からも未来からもわたしたちを隠すことを好む。わたしたちは周りを見回すが、気品のある丁寧な態度で神は、わたしたちの眼前に澄み切った空の貫き通せないスクリーンを下ろし、背後にも澄み切った空のスクリーンを下ろす。神はこう言っているかのようだ。「お前は思い出すことはないし、予期することもないのだ」と。すべてのよき会話、よきふるまい、よきおこないは、慣習を忘れてこの瞬間を偉大なものにする自発性から生ずる。自然は計算する者を嫌うし、その方法は跳躍的で衝動的だ。

ひとは脈動によって生きる。わたしたちの有機的な運動もそうだ。化学的でエーテル的な作因は波状で交互になっている。精神は対立するものの往き来を続けて痙攣のようにしかさかえない。わたしたちは偶然性によって育つ。わたしたちの主な経験は偶然《カジュアル》なものだった。最も魅力的なたぐいの人びとは、はすかいに力を揮うひとで、直接の打撃によって力を持つ者ではない。天与の才の持ち主だが、まだ公認されていないひとたちだ。ひとは彼らの光からはげましを受けるがあまりに高い租税を支払うことはない。彼らのうつくしさは鳥たちのそれであり、或いは曙の光であり、巧みの結果ではない。ジニアスの思考にはいつも驚きがあり、その道徳感情は適切にも「あたらしさ」と呼ばれ、それ以外ではあり得ず、小さな子どもにとっても最も老いた知性にとってもあたらしい。——「注目されないままで到来する王国」だ。同様に、実際的な成功をおさめるためにも計画は多すぎてはいけない。ひとが自分に一番上手にできることをしているときは、他人から見られてはいない。彼に最もふさわしい行為には或る種の魔法の力があり、それが他人の観察能力を麻痺させるので、あなたの眼前でおこなわれたとしてもあなたがそれを望んでのことではないのだ。生の技術《アート》には或る種のはにかみが備わっていて、それは外には晒されない。あらゆる人間はそのひとが生まれる以前にはあり得ないものなのだ。ひとが成功したのを目にするまでは、あらゆることが不可能事なのだ。こうして熱烈な敬神が冷たい懐疑主義と折り合う。——何ものもわたしたちから出るのではなく、何もわたしたちのしわざではない。——すべてが神から出ているのだと。自然は必ずわたしたちに月桂樹の一番小さい葉っぱを残してくれる。すべての書き物は神の恩寵によるもので、すべての行為も所有もそうだ。わたしはよろこんで品行方正であろうとし、自分がとても大事にしているしかるべき境界を守って、できるだけ人間の意志に任せたいと願っているのだが、このエッセイを著すにあたっては、わたしは正直でありたい。するとわたしは、成功であれ失敗であれ、〈永遠〉から備給される大なり小なりの生命の力以外には、何もしかとは見えないと言わねばならない。人生の結果は事前に計算されないし、計算できないものなのだ。歳月は日々の単位では知り得ない多くのことを教える。わたしたちの話相手を構成している人びとは、会話をかわし、やって来ては去ってゆき、沢山のことをもくろんだり実行したりして、たしかに幾分かのことはそこから生じる。しかし、予期していなかった結果だけは別だ。個人は常に考え間違いをしている。彼は沢山のことを計画し、他人たちを補佐役に仕立て、その幾人かないしは全員と口論し、多くの間違いをして、何かは成し遂げられる。すべては少しだけ進歩していくが、その個人はいつも間違えているのだ。あとからわかるのは、それが何かあたらしいことだったということで、彼が前もって約束していたこととはまったく違うことなのだ。

古代の人びとはこうした人間の生の諸要素が計算におさまらないことに打たれて、〈偶然〉を神のひとりにまで高めたものだ。けれどそれでは、火花にあまりに長く留まることになってしまう。——火花はたしかにあるポイントできらめきはする、——けれども宇宙はいつも同じ焔の潜伏によって温まっている。人生の奇跡はけっして説明されることはなくて奇跡のままに留まるが、それがあたらしい要素を導き入れる。胚の生長について、たしかエヴァラード・ホーム卿(8)だったと思うが、進化はひとつの中心点からできるのではなく、みっつかそれ以上の点から共同して働き出すということに気がついた。生には記憶はないのだ。継起して起こることならば記憶することができるが、同時共存するもの、或いはより深い起因から射出されたものは、いまだ意識できる状態からはほど遠く、おのれ自身の傾向を知らない。わたしたちについても同じことなのだ。或るときは、すべての形態や作用が同等だが敵対もしているように見える状態にすっかり浸されて、懐疑的になったり、統一性がなかったりする。かと思えば別のときには、スピリチュアルな法が流入する間、宗教的になったりする。こうした部分部分の同期の生長をともなう気散じの事物に耐えよ。それらはいつの日にか、たしかな構成要素になって一個の意志に従うことだろう。その一つの意志に、その隠れた動因に、ものごとはわたしたちの注意と希望とをしかと固定するだろう。そうなれば人生は一個の期待或いは一個の礼拝のうちに融合する。不調和で矮小な諸々の特殊例の下に、或る音楽的な完璧性が存在している。このイデアはいつでもわたしたちと一緒に旅をしていて、天空には切れ目も割れ目もない。わたしたちの受ける啓示のあり方にひたすら注意を向けよ。深遠な精神の持ち主と会話するとき、或いはひとりでよき想念の訪れを持つとき、たとえば渇いて水を飲むときとか寒くて暖炉にあたるときのように、すぐさまわたしは満足に達するわけではない。違う！　そのときわたしはまず初めに、自分が生のあたらしくてすばらしい領域の近傍にいることを知らされるのだ。読書や思考を持続することによって、この領域はそれを知らせる更なるサインを与える。それはちょうど深遠な美と静寂の、突然の発見のときに光がきらめくようなもの、覆っていた雲がときおり切れて、近づいていく旅人に内陸の山なみを垣間見せるようなもの、ふもとには平穏な永遠《とわ》の牧場があり、そこで羊たちが草を食み、羊飼いが笛を吹きダンスを踊る。だが思考のこの領域からもたらされるすべての洞察は、いつも始まったばかりのものと感じられ、その続きを約束する。わたしが発見をするのではない、わたしはそこに到達して、そもそもそこにあったものを目にするだけだ。わたしがするなんてとんでもない！　わたしは幼児のようなよろこびと驚きで手をたたく、この威厳ある大いなるものが最初にわたしに開かれ始めたのを前にして。それは数限りない時代の敬愛と賛辞とともに古く、命の命とともに若い。砂漠のなかの陽光輝くメッカだ。そしてそれはなんという未来をひらくことだろう！　わたしはあたらしい心臓があたらしい美への愛で脈打つのを感じる。わたしは自然から出ていつでも死ぬ用意ができている。そしてわたしが西部に見出した、このあたらしい、しかし近づくことのできないアメリカに、もう一度生まれ直そう。

「これらの思想はいま始まったのでもきのう始まったのでもなく
ずっとこれまでも存在しつづけてきた、だがその最初の入口を
知る者を、いまだに誰も見出すことができない。(9)」

これまでわたしが人生を諸々の気分の流れとして記述してきたとしても、いまわたしは付け加えねばならない、わたしたちのなかには変化しないものが存在し、それはすべての諸感覚と心の諸状態を位置づける、と。各人のなかの意識、それは滑尺で、或るときには自分を〈第一原因(神)〉と一体視し、或るときは自分の体の肉と同一視する。それは無限の度合いを備えた、生の上の生だ。それを跳び出させたもとの感覚は、あらゆる行為の尊さを決定し、そこでは問いはいつも、あなたがこれまで何をしたかや差し控えたかではなく、誰の命ずるところによってそれをしたり控えたりしたかということなのだ。

〈運命の女神〉、〈ミネルヴァ〉、〈ミューズ〉、〈精霊〉――これらはあの限定され得ないものをカバーするには狭すぎる奇妙な名前だ。それでも当惑した知性はこの名づけられるのを拒む根源を前にして、跪かねばならない。――この言うに言われぬ根源を、すべてのすぐれた天才たちはそれぞれに強調をこめたシンボルによって表現しようとしてきた。タレスは水によって、アナクシメネスは大気によって、アナクサゴラスは〈ヌース〉(思考)によって、ゾロアスターは火によって、イエスと近代人らは愛によって。各々のメタファーは民族の宗教にもなった。中国の孟子はこの種の一般化の営みに成功した最後の人物ではない。「わたしは言葉を充分に理解して」と彼は言う、「それによってわたしのひろい流れの活力をよく養うのだ。」――「ひろく流れる活力とは何かを伺ってもよいでしょうか?」と伴の者が尋ねると孟子は、「その説明はむずかしい。

この力は比類なく偉大で、最上の意味において不撓のものだ。それをただしく養い、それに悪さをしなければ、それは天と地の間の空ろを満たしてくれるだろう。この力は正義と理性とに調和し、いかなる飢えも残さない。」——現代のより正確な語彙で言うなら、わたしたちはこの一般化に対して〈存在（Being）〉の名を与え、それによってわたしたちに到達できる最も遠くに達したことを告白する。わたしたちが壁に突き当たったのではなく終焉のない大海に辿り着いたということが、宇宙のよろこびのためになると考えよう。わたしたちの生は現在にあるのではなくこれからを待ち望むことにあり、人生がむなしく費やされる状況のためにあるのではなく、このひろく流れる活力の仄めかしとしてある。人生の多くはひとは何ができるかについての告知であるように見える。情報が与えられるのはわたしたちを安売りするためではない。示されるのはわたしたちがとても偉大な者たちだということだ。だから、個別特殊な領分ではわたしたちの偉大さは、なされた個々の行為に存するのではなく、いつも或る傾向ないしは方向をとるところにある。例外ではなく通例を信じることが、わたしたちがすべきことなのだ。このようにして気高い者がそうでない者から区別される。この感覚の導きを受け入れるという点で、肝要なことがら、地球の歴史における最重要な事実とは、魂の不滅とかそれに類したことに関して、わたしたちが信じているものが何であるかではない。むしろ信じようとする遍く衝動の方なのだ。この根源を、媒介なしに働くものと表現しようか。精神《スピリット》は為すところなく仲介する器官を必要とするわけではない。そこには豊かな力と直接の作用がある。わたしという者は、説明なしに説明される。わたしは所作を示すことなくひとに感じとられ、しかもわたしの居ないところで感じとられる。だからすべてのただしい人間は他人のではなく自分自身の賞賛だけで満足する。彼らはおのれを説明するのを拒み、その役目は自分のあたらしい行動が果たしてくれると思い自足している。彼らによれば、わたしたちが分り合うのは会話によってではなく、会話を越えたものによってで、ただしい行動ならばけっして憐れまれるものではない。それはどんな遠くに居る友人たちに対してでも同じで、行動の影響はけっして地理上の距離によって測られるものではない。自分の出席が期待されている場所に行けない状況が起こったからといって、どうしてわたしはやきもきしなくてはならないだろうか。会合に出ていないとしても、いまわたしがいる場所でのわたしの存在は、わたしが待たれていた場所でのわたしの現前と同じく、友情と知恵の共通利益にとって有用なのだ。どんな場所でもわたしは同じ性質の力を発揮する。このようにしてつよいイデアはわたしたちの前を旅している。それが後景に退くことはけっしてない。誰もうこれで充分だという経験に達することはなくて、ひとが得るよきこととは、ただよりよきことの知らせなのだ。先へ先へと！　解き放たれた瞬間には、生き方と務めのあたらしい光景が実は既に可能になっていたことを知る。あなたの周りの多くの精神のなかにその要素が既にあって、それはこれまで言語化されたいかなる記録をも越える、人生の教えについての要因なのだ。あたらしい思考の表明は、社会の諸々の信仰だけでなく、懐疑主義を含み込んだものになるだろう。不信仰から一個の信条が形を成すだろう。なぜなら懐疑主義は無根拠なものでも恣意的なものでもなくて、肯定的な言説が限定を蒙ったものだからだ。そしてあたらしい哲学はそれを取り込まねばならないし、その外側で肯定の言葉を語らねばならない。最も古くからの信念を包含しなくてはならないのと同様に。

自分が生まれてきたと知ることとは、とても不幸せな、けれどもいまさらどう助けようもないような発見だ。この発見は〈ひとの身の堕落〉と呼ばれてきた。それからあとずっと、わたしたちは自分に備わっているものを疑ってきた。わたしたちが知ったことは、自分には直接にものを見ることはできず、何かを介してしか直面できないということであり、自分がいま現にそうであるところの色付けされ歪曲させるレンズを矯正するための、またそのレンズが生む誤りの総計を計算するための、どんな手立ても持っていないということだった。おそらくこの主観―レンズには何かクリエイティヴな力があるのだろう。ひょっとしたら焦点を合わせるべき対象などないのかもしれない。かつてわたしたちはわたしたちが目にしたもののなかで生きていた。けれどもいまは、あらゆる事物を吸い上げる惧れのあるこのあたらしい貪欲な影響力が、わたしたちの手をふさいでいる。自然もアートも人間も学問も宗教も――ものごとは次々に転がり落ちて、神もまたそれらの概念のうちのひとつにすぎない。自然と文学は主観的な現象である。あらゆる邪悪とあらゆる善なるものはわたしたちが投げかける影である。街の通りは誇り高い人びとには屈辱に満ちている。めかし屋がお仕着せを着た廷吏を着飾らせようとし、テーブルの客たちに応対させようとして、悪しき心があぶくのように吐き出す鬱憤が、一斉に街の紳士淑女やホテルの店員やバーテンやの形をとって、わたしたちのなかで脅し得るものと侮辱し得るもののすべてを、脅して侮辱する。わたしたちの崇拝のしかたについても同じことがいえる。どんな地平線を見るかはどんな眼を持つかにかかっていることを、人びとは忘れている。この者やあの者に英雄や聖人の名を付けて人類の模範に仕立て上げるのも、ものごとを纏め上げる精神の眼のせいなのだ。「神意に適った人間」イエスとは、そうした視覚的な法則が効力を発することに沢山の人びとが同意した、一個のよき人物である。一方には愛情をもって、他方では異論を押しとどめる自制をもって、イエスを地平の中心に置いて見ることを、わたしたちはいっときの間決定する。そして同様に見られ得る存在なら誰に対してでも伴うことになる属性を、イエスのおかげとみなすのだ。だが最も長く続く執着にも嫌悪にも、迅速な有効期限がある。絶対的自然に根ざす偉大で成長をやめない自己は、すべての総体的な存在をすげ替えて、この世の友情や愛のすばらしい領土を廃らせてしまう。婚姻は（霊的な世界と呼ばれるもののなかでは）不可能で、それはすべての主観とすべての対象の間に不平等があるからなのだ。主観は神性を受容し、いつも比較をする度に、自分の存在がその暗号を使う力によって高められるのを感じなければならない。力の働きとしてではなく、そこにそれが在るという事実によって、実体のこの貯蔵庫は、ただそれを感じとることしかできない。またいかなる知性の効力も、あらゆる主観の内で永遠に眠ったり起きたりする固有の神性を、対象のせいにすることはできない。いかなる愛も、意識と、なんらかの原因に帰する営みとを、効力において同等なものとすることはできない。すべてのわたしとあなたの間には、原画と複製画の間と同じような深い淵が広がることになる。魂の婚姻相手は宇宙だ。すべての個々のシンパシーは部分的だ。ふたりの人間は円球どうしで、ほんの一点だけでしか触れ合わない。彼らが接触をしている間、球面のほかの全点は活性化していない。それらの点が触れる番もいずれは来るだろうが、個々の結びつきが長く続けば、それだけ結合していない部分の親和を求める勢力は高まってゆくことになる。

生はイメージすることはできるが分割したり倍化したりすることはできない。その統一性を少しでも侵せば、カオスになるだろう。魂は双子ではなくてひとつだけで身籠られた。そのうちに子どもとして姿を現してゆくが、見かけだけ子どもで、実は共—存在を認めない運命的で宇宙的な力から発したものである。毎日、どんな行為も、上手には隠せていない神性を露呈する。わたしたちは他人を信じないのと同程度に自分を信じる。自らにあらゆることを許し、他人においてわたしたちが罪と呼ぶものは、自分には実験になる。人びとが犯罪について自分が思うより軽くは語らないのは、自身への信頼のさまを示す事例だ。誰もが、けっして他人にはほしいままにさせないような、安全な地帯を自分にだけ想定している。ひとつのおこないは、特質において、またその結果においても、内側から見るのと外側から見るのとではとても違っている。殺人は殺人者から見れば、詩人やロマンス作者が考えるほどには破滅的には思えない。それは彼の落ち着きを失わせないし、彼は日常的な些事の気づきができないほどには脅かされない。それをもくろむのはとても容易な行為で、しかしその結果として、それはぞっとするような動揺になってゆき、あらゆる関係をごった返すことになる。とりわけ愛から生ずる犯罪は、行為者の視点からすればただしくうつくしく見えるが、現に犯してみれば、ひとのつながりを破壊するものだと判明する。誰も最後には自分が破滅するとは信じていないし、自分のなかではその罪は重罪人のもののようにどす黒いとは映っていない。それは自らの事件の場合には知性が道徳的な判断を正当化するからだ。知性には犯罪は存在しない。知性は反律法主義であり超律法主義で、法と事実の双方を自ら裁く側にいる。「犯罪より悪い、それは大失敗なのだ」とナポレオンが言ったとき、彼は知性の言語で話していたのだ。知性には世界は数学の、ないしは量の科学の問題になり、賞賛も非難も、すべての弱い情緒も脇においやる。あらゆる盗みは相対的だ。絶対的なものに関わるとき、一体誰が盗みをしないでいられるだろうか。聖人たちはかなしい、なぜなら彼らは（ものを熟考するときでさえ）知性ではなく良心の観点から罪を見てとるからだ。それは思考の混乱なのだ。思考から罪を見るならば、罪は減少であり、より少ないということを意味する。良心や願いから見れば罪は堕落であり、悪いことなのだ。知性はそれを、翳、光の欠如、実体なきものと名づける。良心はそれを、実在、本質的な邪悪と感じる。それは違う、対象としての存在はあっても主観的な実在ではない。

こうして宇宙がわたしたちの色合いを帯びることは避けられないし、すべての対象は次々に主観それ自体のなかへと落ち込んでゆく。主観は存在する、主観は拡大する、すべてのものは遅かれ早かれ落ち着くところに落ち着く。わたしがいま在る、そのように、わたしはものを見る。どんな言語を用いても、わたしたちはいまかく在るわたしたち以外のどんなものも言い表せない。ヘルメス[10]、カドモス、コロンブス、ニュートン、ボナパルト、彼らは精神の代理人だ。偉大な人間に会ったときに感じる自分の貧しさとは逆に、あたらしく来たる者を、旅する地質学者として遇しよう。彼はわたしたちの国を通るとき、よい粘板岩や石灰岩や無煙岩をわたしたちの未開拓の草地で見せてくれる。強い精神が或る方向で示すそれぞれの部分的な行動は、それを向けたときに対象を映す望遠鏡だ。けれども魂が十全な球形度に達するまでは、知識の他のすべての部分もまた同じように過度に押し出されなければならない。子猫がとても可愛らしく自分の尻尾を追いかけている様子が、あなたには見えるだろうか。もしあの子猫の目でものを見たら、幾百もの形態が自分をとり囲んで、悲劇や喜劇の結果を伴って複雑なドラマを演じ、長い対話部分や沢山の登場人物や運命の沢山の浮き沈みを呈示しているのが見えるだろう。――そうしているうちにも、実はそれは子猫と尻尾の遊びにすぎないのだ。わたしたちの仮面舞踏会がタンバリンや笑いや叫びのノイズを出しやめて、結局それが一人芝居だったと判るのに、どれくらいかかるのだろうか。――主観と対象――その電流回路が完成するにはとても時間がかかる。だが大きさはここで何も付け足さない。ケプラーと天体であろうと、コロンブスとアメリカであろうと、読者と書物であろうと、そして子猫と尻尾であろうとも、何の違いがあるだろう。

ミューズも愛も宗教もこうした展開を嫌うことはたしかだ。それらは化学者を罰する道を見つける。客間で彼は実験室の秘密を洩らしたのだから。個々人の様相のもとに、また自分の気分に浸されてものごとを見てしまうわたしたちの体質的な必要性については、過小に評価することはできない。けれどそれでも神は、わたしたちの荒涼とした岩場に根を張っている。その窮乏状態が、道徳において自己を信頼するという最も重要な美徳を生み出すのだ。たとえどんなに外聞の悪いことであっても、わたしたちはこの貧しさにしっかりしがみつかねばならない。さらにも力強い自己回復によって、行動の出撃のあとで、一層しっかりと、自らの軸を保たねばならない。真理の人生は冷たい、そしてとてもかなしいものだ。しかしそれは涙の、悔恨の、狼狽の奴隷ではない。それは他人のしたことを真似ようとはしないし、他人の見つけた事実を採用したりはしない。他人ではない自分のものを知ることが知恵の大切なレッスンなのだ。わたしには他人の事実を勝手に使うことはできないとわたしは学んだ。わたしは自分自身の事実を解くための鍵を持っていて、他人たちみんなの否認に抗うようにとわたしを諭す。彼らも彼らの鍵を持っているのだから。他人に同情する人間はいわば溺れかけている人びとの間を泳ぐスイマーのジレンマに置かれている。彼らは彼に手を伸ばし、足一本でも指一本でも差し出したならば、彼を一緒に溺れさせることになる。彼らが救われたいと願っているのは、彼ら自身の悪徳の損害からであって、彼らの悪徳そのものからではない。こうした症状に仕える貧者たちの上に、施しは無駄に費やされる。賢い度胸のある医師ならば、まずは最初のアドバイスの条件としてこう言うだろう、そこから出なさいと。

いまあちこちで喧しいアメリカをめぐる論議において、自らのひとのよい性格と周囲すべての側を傾聴するような態度によって、わたしたちはだめになっている。この追従の姿勢は偉大な形で役に立つ力を取り払ってしまう。まっすぐに率直に見るのでない限り、ひとがものを見ることができてもしかたがない。夢中に注意を向けることこそ、他人たちのしつこい軽薄さへの唯一の答えだ。彼らの欠乏が浮薄に見えるような目的に向かって、ひとつの注意をこらすこと。これは超人的な答えだ。あとにはどんな哀願も険悪な思考も残さない。アエスキュロスのエウメニデスを描いたフラックスマンの挿絵では、オレステスがアポロに懇願する間、復讐の三女神は戸口のところで眠っている。アポロの神は悔恨と同情の影を表しているが、しかしふたつの領域が相容れないことには確信を持っていて、その表情は穏やかだ。彼が生まれたのは別の政治のなかへであり、永遠なるものと美なるもののなかへなのだ。アポロの足元の人間は大地の騒擾に彼が関心を持ってくれることを求めるが、神の本性はそのなかへは入っていけない。エウメニデスはそこに横たわってこの神とひととの隔たりを絵画的によく表している。アポロは自らの神々しい運命という重荷を担っているのである。

幻影、気質、継起、表面、驚き、実在、主観性——これらが時の機織《はた》を縫って通る糸であり、人生の主たちだ。わたしはそれらの順番をあえて示そうとは思わない。ただ道の途中でわたしが見つけたとおりにそれらを名づけただけだ。わたしは自分の絵が完璧であると主張するよりはものごとをよく弁えている。わたしは断片だ。この書き物もわたしのかけらだ。くっきりと輪郭と形態を持ったひとつかふたつの法についてはとても自信をもって語ることはできるが、幾つかの過去の時代に比べるなら、一個の法典を作り上げるには、まだわたしは若すぎる。わたしは永遠の政治に関するうわさ話をして、自分の時間を過ごしているだけだ。わたしはこれまで沢山のうつくしい光景を、無駄に見てきたわけではない。これまでわたしが生きたすばらしい時間を。わたしは十四歳のころのような初心者ではないし、七年前の自分でさえない。[11] 誰にでも問いかけさせるがいい、果実はいったいどこにあるのかと。これが果実だ。——瞑想、思慮、真理の蓄積から、わたしは早まった結果を求めるべきではない。この町と国で結果を求めることを、わたしは憐れむべきことだと感じなければならない、月単位や年単位の、即座のあからさまな結果などは。結果は根源と同じく深くて永続する。現世でひとの一生の時間が尽きてしまうほど幾つもの期間にわたって、それは働く。わたしが知っているのは受けとることだけだ。わたしは在る、だからこそわたしは持つ。しかしわたしは獲りにいかない。自分が何かを手に入れたと思うときにじっさいはそうではないことを、わたしは知った。わたしは驚異の念とともに偉大な運命の女神を崇める。わたしの受け入れはとてもひろくて、特定のあれやこれを過剰に受けとめたとしても、そんなことでは悩まされない。わたしは守護神に諺の「毒食らえば皿まで」を容認してくれるかどうかを聞いてみよう。わたしがあたらしい贈り物を受けるとき、わたしは借りを返しきるために自分の体を痛めつけたりはしない、なぜならたとえわたしが死んでも貸し借りを清算できないからだ。生まれた最初の日に、本来の価値より利益の方が超過していて、それ以来ずっと超過し続けてきたからだ。いわゆる価値自体を、わたしは受け入れの一部だとみなしている。

また、あからさまで実際的な結果を渇望することは、わたしには背信行為であるように思われる。大まじめで、わたしはこの最も不必要なおこないを、なしで済ませたいと願っているのだ。人生はわたしには幻影のような顔をしている。最も激しい最も粗暴な行動もまた幻影のようだ。やさしい夢か騒々しい夢かの選択にすぎない。人びとは知ることと知性の生活をみくびり、行動することを勧める。わたしは、もしもほんとうに知ることができるのならば、知る生活だけで充分に満足だ。それは尊い愉しみであり、わたしにはそれだけで充分だ。ほんの少しでも知ることができるなら、この世界を犠牲にしてもいい。「どんな真理でも身に着けたなら、誰の魂も次の世に移るまで害を受けず安全である」というアドラスティアの法[12]がわたしにはいつも聞こえている。

街や農場でわたしが交流する世界は、わたしが考えている世界とは異なっていることを、わたしは知っている。わたしはこの違いを認め、これからも認め続けよう。いつか或る日、この不一致の価値と法則を、わたしは知ることになるだろう。けれどわたしにはわかった、思考の世界を認識するためには、いろんな試みを操ることでは大したことが得られないと。多くの熱意ある人びとが次々にそのように実験をするが、それで自らを笑い者にすることになる。彼らが獲得するのは民主的なふるまいで、口角泡を飛ばして、憎んだり拒んだりする。更に悪いことには、わたしの見るところ、人類の歴史において、成功を試す彼ら自身のテストをしてみても、ただ一度の成功の事例もないのだ。わたしはこのことを論争の形で言う、或いは、なぜ自分自身の世界を実現しないのかという問いかけへの応答として。だが、法則をけちくさい経験論で速断してしまうような絶望から、わたしが離れていられますように。——ただしい試みは必ずそのあとに続くものを持つのだから。耐えろ、耐えろ、わたしたちは最後には勝利する。わたしたちは時間という要素のごまかしをとても警戒しなくてはならない。食事をしたり睡眠したり、百ドルを稼いだりするのにとてもたくさんの時間がかかり、わたしたちの人生の光となる希望や洞察を抱くのにはほんのちょっとの時間しかかからない。わたしたちは庭を整えて、ディナーを食べて、妻と家事について話し合う。けれども、これらのことは強い印象を残さず、翌週になれば忘れられる。でも誰もがいつもそこに戻っていくあの孤独にあって、ひとは正気と啓示を得る。それを彼は、あらたな世界へ移行するときに携えてゆく。あざけりなど気にするな、敗北も気にするな。再び立ち上がれ、古い心よ！――そう言う言葉が聞こえる――すべての正義のために、まだ勝利は残っていると。そして世界がそれを実現するために存在している真のロマンスとは、ジニアスを実際的な力に変化させるということなのだ。

◉注

（1）ジロラモ・ティラボスキ（Girolamo Tiraboschi）はミラノ大学教授でイタリア文学史一三巻（一七七一―一七八二）を著した。トマス・ウォートン（Thomas Warton）は三巻本のイギリス詩の歴史（一七七四―一七八一）を書いた。フリードリッヒ・フォン・シュレーゲル（Friedrich von Schlegel）はドイツの詩人・批評家・比較言語学者。

（2）「女神はやさしい。」ロバート・バートン（Robert Burton）は『メランコリーの分析』においてホメロスの女神について、人類を苦しませるものとして語っている（I, 2）。カプレット（二行連句）はバートンによるルキアノスの喜劇の翻訳から採られている。

（3）ボスコビッチ（R. J. Boscovich）。ダルマティアのイエズス会士。一七五八年刊の自然哲学に関する書物で物質を分割不可能で互いに反発し合う原子（atom）から成るものと定義した。

（4）「二年以上前、私の息子の死に遭って……」一八四一年一月二十七日、エマソンは息子ウォルドーを猩紅熱のために五歳で突然に喪った。この息子の死とエッセイ「経験」の関係については堀内正規『エマソン 自己から世界へ』（南雲堂、二〇一七年）の第七章「エマソンの秘密――息子の死と「経験」、日記、「挽歌」」を参照していただきたい。また同書第二章「中間の場所――「経験」を読む」もこのエッセイを全体としてどう読むかについて、息子の死との関係を中心にして考察している。

（5）ベッティーナ（Bettina von Arnim, 1785-1859）はドイツの女性作家・文学者。

（6）「教育農園では」一八四一年にエマソンの周囲にいたジョージ・リプリーらを中心としてユートピア的で共産主義的な農業共同体ブルック・ファームが作られた。エマソンは参加を誘われたが、断っている。この箇所はその農園への言及であると見られる。

（7）「もうこれ以上は正しい行動の道筋はなく、イラン人たちの間にもどんな自己犠牲も残されていなかった。」エマソンの友人ブロンソン・オルコットがロンドンから持ち帰った書物の中に、ペルシャのゾロアスター教の一派であるパルシー教の聖典の翻訳があったらしい。この文章はそこからの引用であるという。

（8）エヴァラード・ホーム卿（Sir Everard Home, 1756-1832）はイギリスの医師・解剖学者。

（9）「これらの思想は……」十七世紀の医師サミュエル・ホワイト（Samuel White）による『アンティゴネー』の英訳からの引用。

（10）カドモスはギリシャ神話に登場するフェニキアの王子。竜を退治しテーバイを創設した。

（11）「七年前の自分でさえない」一八四四年に仕上げられた「経験」の七年前とは一八三七年、代表作ともいえる講演「アメリカン・スカラー」が書かれた年であり、その前年に処女作『ネイチャー』が刊行され、息子のウォルドーが生まれている。

（12）「アドラスティアの法」プラトンの『パイドロス』からの引用。エマソンはトマス・テイラー（Thomas Taylor）の『プロクロスの六つの書』にこの言葉を見出した。アドラスティアは正義の女神。

※注の記述についてはハーバード大学版全集第三巻のジョゼフ・スレイター（Joseph Slator）による「注」を参照した。*The Collected Works of Ralph Waldo Emerson: Volume III*. The Belknap Press of Harvard University Press, 1983.

採録：gozo Ciné アメリカ、沼澤地方、・・・・

（タイトル）アメリカ、沼澤地方、・・・・

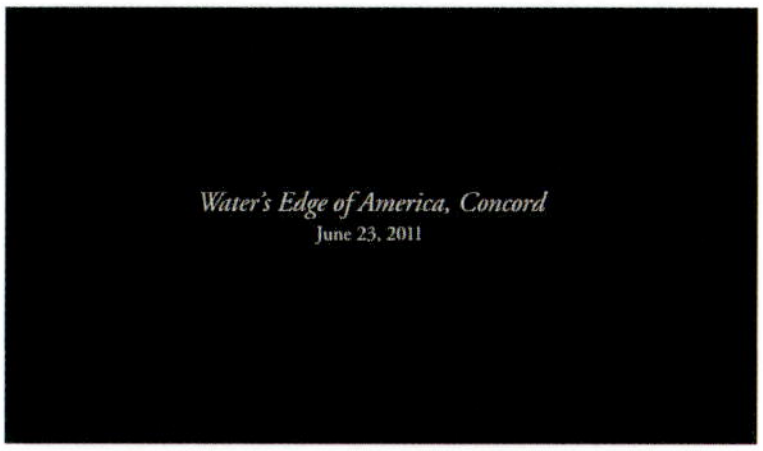

Water's Edge of America, Concord
June 23, 2011

（車中からフロントグラス越し、雨。会話・英語）

（ウォールデン湖畔。音楽：萩原朔太郎作曲のマンドリン曲「機織る少女」、同時に金 時鐘の歌う「いとしのクレメンタイン」、ずっと鳴り続ける）

声（吉増剛造）「*Walden Pond*で、フォレスト・ガンダーさんに、萩原朔太郎に捧げた詩を読んでいただきます。すばらしいところです。」

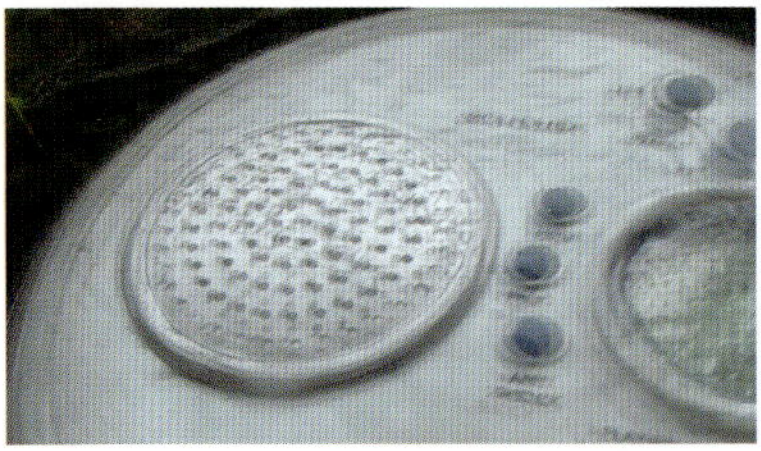

「6月23日雨の日、*This is a Hagiwara Sakutaro composition.*」

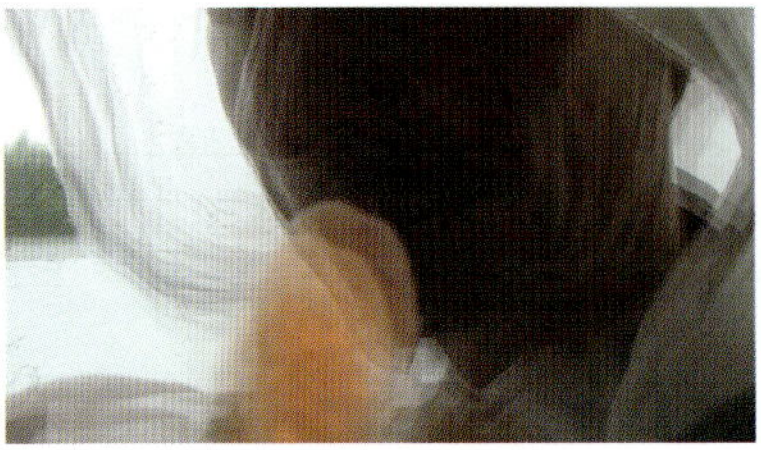

「*OK, please, Mr. Gander. "After Hagiwara," please. Talk about "After Hagiwara."*」

声（Forrest Gander）「*I read this poem … for the first time in English more than twenty-years ago in a translation by Hiroaki Sato. And I loved the way the landscape and the body mixed together, and it's stayed in my mind for a long time. And I wrote this poem, "After Hagiwara."*」

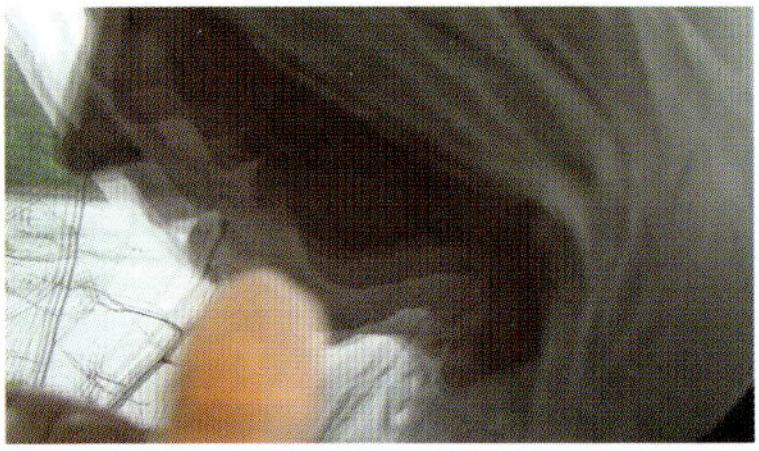

「"AFTER HAGIWARA"
A child was pulled from the lake.
The schoolmates whispered into each other's ear.
They whispered a dirty story
into each other's funny, shell-shaped ear.」

「The wind backed off.
On the bed lies a woman.
In her face,
two eyes.」

「"After Hagiwara" / A child was pulled from the lake. / The schoolmates whispered into each other's ear. / They whispered a dirty story / into each other's funny, shell-shaped ear. / The wind backed off. / On the bed lies a woman. / In her face, / two eyes.」

声（吉増剛造）「*Thanks, Forrest. Hagiwara must be happy.*」

（音楽：マンドリン曲、金 時鐘の歌声）

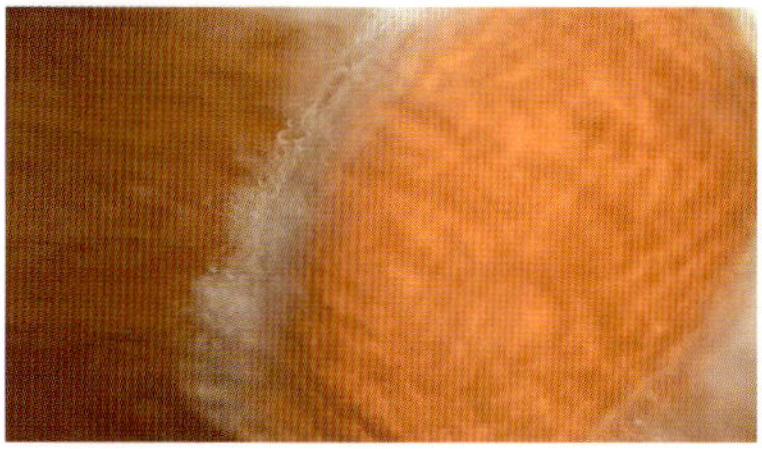

「*Thank you, Mr. Forrest Gander.* 」

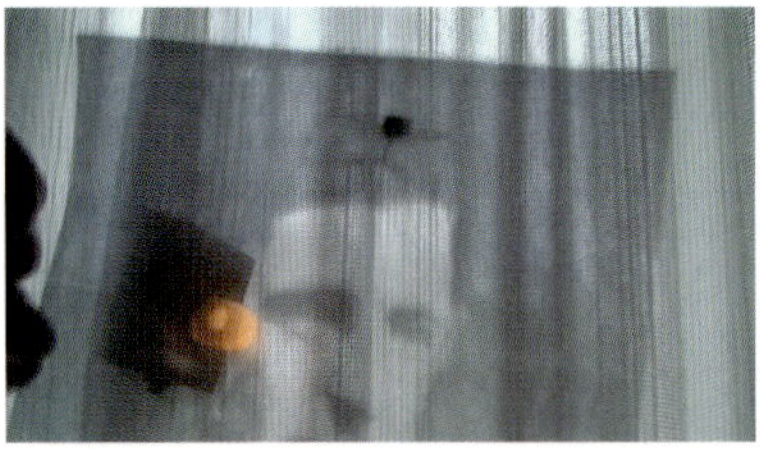

（エマソン肖像OHP写真、音楽：金 時鐘の歌声、武満徹『心中天網島』より）

（萩原朔太郎撮影のOHP写真）

（音楽、鳴り続ける）

（ウォールデン湖岸辺、宝貝。音楽：金 時鐘「いとしのクレメンタイン」、武満徹『心中天網島』より）
声（吉増剛造）「ありがとうございました。ありがとうございました。」

「ありがとうございました。ありがとうございました。ありがとうございました。」

あとがき

エマソンをいかにアクチュアルに、ヴィヴィッドに現代によみがえらせるか。尊敬する二人の詩人に、エマソンにインスパイアされたテクストを執筆してもらうことができたことで、本書は動き出した。もともとは科研の共同研究の補助金の範囲内で、チャップブックのような、書店には流通しない印刷物を作ることを考えていたのだが、二〇一八年八月末に吉増剛造さんから原稿をいただいたあと、やはりこれはしっかりとした出版物として刊行したいという思いが、急激に高まった。だがはたしてどんな形態の書物が可能なのか。一応のイメージを作ったところで、出版社をどうするかを考えて、すぐに念頭に浮かんだのが、小鳥遊書房だった。

彩流社から独立して、人文学系の小さな出版社を立ち上げられたばかりの高梨治さんは、わたしの見るところ、アメリカ文学研究にまつわる出版をおこなっている社主として、現在、最も意欲的で志をもった方、少なくともそのおひとりである。学会の会場や懇親会でほとんど数分の立ち話をしただけで、ほぼ「面識のない」と言っていいわたしの持ち込み企画に、高梨さんはとても真剣に耳を傾けてくださった。十月初めに、飯田橋駅から歩いて数分の、あえて誇張して言えばバートルビーの勤める事務所のような会社に赴いたとき、まだわたしの手元にはガンダーさんの詩とその翻訳と吉増さんの生原稿しかない状態だった。これからわたしが書くだろう文章を信頼して、ゴーサインを出してくださった高梨さんの判断がなければ、この本はあり得なかった。この場をかりて感謝を申し上げたい。

生半可な学者とは自分のための言葉だと常々思っているのだが、それでも「学者」めいた存在として、それまでは研究対象についてもっぱら論文の形態・スタイルで批評行為をおこなってきた。『ユリイカ』等の雑誌の注文に応じる場合でも、あらかじめ指摘する論点を列挙し、引用・参照する細部の箇所と全体の構成を決め、与えられた紙幅を勘案しながら、ロジックを中心に据えた書き物をしてきたわけだ。そうした営みでは、実際に文章を記し始める前に、ほぼ書く（べき）ことは決まっているのだが、本書では、これまで自らに課してきたそのような書き方の制限を、一切はずすことにした。それが「コメンタリー」と「道程」になっている。どちらも自分にとっては冒険であるとも〈真剣な遊び〉であるとも言える。いままでどこにもなかったような新鮮な本、〈研究〉でもあるが専門分野への関心を必須としない読み物でもあるような書物を作りたかった。この本自体が〈裸の common を横切る〉行為の所産だと、読者にみていただければ、これにまさる歓びはない。

最後に、苦しい時期にエマソンに向き合ってすばらしい詩を書いてくれたフォレスト・ガンダーさんに、そして常にかわらず誠実に、熱心に、この企画に向き合ってくださった吉増剛造さんに、最大の感謝を捧げたい。

堀内正規

※本書は日本学術振興会化学研究費補助金基礎研究（C）「現代によみがえるエマソン」（課題番号 15K02373）による補助を得ています。

【著者】

吉増剛造

（よします　ごうぞう）

詩人。他の追随を許さないパフォーマンス、写真、映像表現でも知られる。代表的な詩集として、『出発』（新芸術社、1964）、『黄金詩篇』（思潮社、1970）、『熱風』（中央公論社、1979）、『オシリス、石ノ神』（思潮社、1984）、『螺旋歌』（河出書房新社、1990）、『花火の家の入口で』（青土社、1995）、『*The Other Voice*』（思潮社、2002）、『長篇詩　ごろごろ』（毎日新聞社、2004）、『裸のメモ』（書肆山田、2011）、『怪物君』（みすず書房、2016）他多数。

フォレスト・ガンダー

（Forrest Gander）

詩人。カリフォルニア、モハーヴェ砂漠で生まれヴァージニア州で育つ。ハーバード大学、ブラウン大学で教鞭を執る。小説家、翻訳家としても知られ、その詩集はピューリッツァ賞、全米図書賞の候補になっている。代表的な詩集として *Torn Awake*（New Directions, 2001）、*Eye Against Eye*（New Directions, 2005）、*Core Samples from the World*（New Directions, 2011）、*Be With*（New Directions, 2018）などがある。また吉増剛造の選詩集 *ALICE IRIS RED HORSE*（New Directions, 2016）の編訳者でもある。

堀内正規

（ほりうち　まさき）

早稲田大学文学学術院教授。19世紀アメリカ文学、とりわけラルフ・ウォルドー・エマソン、ハーマン・メルヴィルなど研究。ボブ・ディラン、日本の現代詩などについても執筆活動をする。著書『エマソン　自己から世界へ』（南雲堂、2017）、『*Melville and the Wall of the Modern Age*』（共著、英文、南雲堂、2010）など。翻訳として『しみじみ読むアメリカ文学』（共訳、松柏社、2007）、マシーセン『アメリカン・ルネサンス』（共訳、SUP上智大学出版、2011）などがある。

裸《はだか》の common を横切《よこぎ》って

エマソンへの日米《にちべい》の詩人《しじん》の応答《おうとう》

2019 年 3 月 25 日　第 1 刷発行

【著者】

吉増剛造

フォレスト・ガンダー

堀内正規

発行者 : 高梨 治

発行所 : 株式会社**小鳥遊《たかなし》書房**

〒 102-0071　東京都千代田区富士見 1-7-6-5F

電話 03 (6265) 4910（代表）／FAX　03 (6265) 4902

http://www.tkns-shobou.co.jp

装幀　渡辺将史

印刷　モリモト印刷株式会社

製本　株式会社難波製本

ISBN978-4-909812-08-7　C0090